SVEVA CASATI MODIGNANI

FESTA DI FAMIGLIA

Sperling & Kupfer

I fatti narrati sono immaginari. Ogni riferimento a fatti e luoghi reali o a persone realmente esistenti o esistite è puramente casuale.

Realizzazione editoriale a cura di Oldoni Grafica Editoriale.

FESTA DI FAMIGLIA

ISBN 978-88-200-6325-2

I Edizione ottobre 2017

Anno 2017-2018-2019 - Edizione 1 2 3 4 5 6 7 8 9 10

A Donatella Barbieri,
amica carissima,
e editor preziosa.

Oggi

1

Era l'inizio di dicembre. Pia Mantovani, proprietaria di un ristorante in piazza Novelli, a Milano, alzò lo sguardo dal fondo della sala, dove stava intrattenendo una coppia di clienti seduti a un tavolo, e vide entrare quattro giovani donne che ogni settimana, il giovedì sera, cenavano da lei.

Per loro riservava una piccola stanza sul retro, pomposamente battezzata «saletta Ottocento», in cui si poteva mangiare e chiacchierare in libertà, senza essere disturbati dalla gente che affollava il locale.

Arredata con vecchi mobili di casa, la saletta aveva accolto a pranzo e a cena Pia, il marito e, finché erano stati piccoli, i loro due figli. Poi, con il passare degli anni, i ragazzi avevano preferito uscire con gli amici e, poiché anche il marito era spesso latitante, lei aveva deciso di utilizzare quello spazio intimo per i clienti che la prenotavano. Ora, lasciò la coppia alle cure dello chef e raggiunse le sue deliziose ospiti.

«Benvenute», le accolse sorridendo e le guidò verso la saletta, annunciando: «Sulla credenza troverete il presepio che ho preparato per offrirvi un anticipo dell'atmosfera natalizia e, sul tavolo, vi aspetta una bottiglia di bollicine».

Le aiutò a liberarsi dei piumini e delle sciarpe, che appese a una piantana, mentre l'avvocatessa Carlotta Biffi, la più bella delle quattro donne, le chiedeva: «Come sta, signora Pia?»

«Sopravvivo alle arrabbiature che mi fa prendere il mio coniuge. Voi lo conoscete e non devo dire altro, se non domandarmi perché l'ho sposato», replicò lei, tra il serio e lo scherzoso, come faceva sempre quando parlava del marito, Otello.

Aspettò che le quattro amiche si fossero accomodate intorno alla tavola ovale, e poi disse: «Dunque, gentili signore, questa sera vi propongo una minestra di castagne come la faceva la mia nonna. Ci sono anche ravioli di zucca con la sfoglia sottile come un'ostia. Stamattina ho comperato dei porcini che profumano di bosco e posso accompagnarli con una morbida polenta taragna. Sempre con la polenta, ci sarebbe uno stracotto di manzo che è la fine del mondo. Se preferite il pesce, posso offrirvi un ottimo baccalà alla vicentina oppure un branzino freschissimo in crosta di patate».

Elencò i piatti avvolta dai profumi lievi delle sue ospiti, che invidiava non perché erano più giovani di lei, ma perché appartenevano a una nuova generazione di donne molto più disinvolte, indipendenti e autonome di quanto non fosse mai stata lei. Pensava: i tempi sono davvero cambiati e le donne d'oggi sanno farsi rispettare dagli uomini. E ogni volta concludeva questa considerazione con un «ma se torno a nascere...»

Prese nota delle ordinazioni, stappò la bottiglia di bollicine e se ne andò.

«Allora, vogliamo brindare al compleanno di Gloria?» esordì Maria Sole, l'unica del quartetto che aveva coronato la sua storia d'amore con il matrimonio e la nascita di un figlio.

Accostarono il loro bicchiere a quello della festeggiata che le ringraziò con un mezzo sorriso.

Le amiche finsero di ignorare il malumore di Gloria, perché ne conoscevano la causa, l'abbracciarono e rinnovarono i loro auguri di buon compleanno.

«Adesso devi aprire i nostri doni», la sollecitò Andreina, mettendole in mano il suo regalo, subito imitata dalle altre.

La festeggiata ricevette un beauty-case con l'occorrente per un trucco glitterato di Dior, una collana di perle e coralli di Luisa Della Salda e una pashmina di un bel rosso smagliante di Rocco Ragni.

Gloria le ringraziò e le abbracciò, dicendo: «I vostri doni sono bellissimi e mi risollevano il morale dopo il regalo che mi ha fatto quel cretino di Sergio. Non so se Carlotta ve ne ha parlato».

«Sappiamo tutto», disse Andreina, riferendosi al fatto che, dopo dieci anni di fidanzamento in cui a ogni compleanno Sergio le regalava un gioiello, ora che vivevano insieme da quasi un anno le aveva regalato un Bimby, per cucinare.

«Non pensarci più, non è poi così grave», osservò Maria Sole, cercando di sdrammatizzare.

«Invece vorrei urlargli in faccia la rabbia che mi divora, non solo per il Bimby che mi ha regalato, ma perché, da quando conviviamo, ha smesso di farmi la corte e mi tratta come se fossi un oggetto che gli appartiene. Se si aspetta che lo sposi si sbaglia davvero», si sfogò Gloria.

«Io, invece, sono furente per essermi innamorata di Gianni e per aver avuto l'ingenuità di dirglielo. Ma perché l'ho fatto? Per tanto tempo avevo accuratamente evitato di innamorarmi degli uomini con cui facevo sesso», ammise Carlotta.

«Ti ho sempre invidiata per questo e pensavo che, a quarantacinque anni, tu fossi ormai vaccinata contro i coinvolgimenti romantici», osservò Maria Sole, che aveva i suoi problemi con il marito, ma non voleva condividerli con le amiche.

«Non dire mai più che ho quarantacinque anni! Ne ho trentacinque e continuerò ad averli fino ai sessant'anni. Chiaro?» puntualizzò l'avvocatessa con tono autoritario. E proseguì: «Tre sere fa, sono stata così sprovveduta da dire a Gianni che lo amo. Ieri il bastardo mi ha liquidato per telefono».

Si riferiva a Gianni Corbetti, un brillante chirurgo plastico, con moglie ricchissima e tre figli.

Si erano conosciuti quando lui si era rivolto allo studio legale Crespi-De Gasperi-Valli, di cui Carlotta faceva parte, perché era stato querelato da un transessuale che gli aveva chiesto di asportargli l'organo maschile per costruirgli, con un intervento molto delicato e laborioso, quello femminile. Il querelante sosteneva che il nuovo organo sessuale era troppo largo e non gli procurava piacere nel rapporto con il partner. I tre titolari dello studio, molto imbarazzati da quella richiesta singolare, avevano passato la pratica a Carlotta, che l'aveva gestita con competenza, eleganza e ironia.

Alla fine, il transessuale non aveva soltanto perso la causa, ma aveva dovuto pagare una somma cospicua al Corbetti per danno d'immagine.

Durante il periodo della fase istruttoria e del dibattimento, il chirurgo e l'avvocatessa avevano trascorso molto tempo insieme. Gianni era stato colpito dalla bellezza di Carlotta e anche dalla sua estrema professionalità. Lei si era lasciata catturare dal suo fascino.

Dopo che il giudice aveva emesso la sentenza, lui l'aveva invitata a cena per festeggiare e quella sera era iniziata tra i due una relazione che era durata fino a quando Carlotta gli aveva detto di amarlo. In quel momento lui si era raggelato e pochi giorni dopo, invece di raggiungerla a casa per una serata insieme, le aveva telefonato per dirle che la loro storia finiva lì.

«Ha avuto il coraggio di dirmi che sua moglie ha scoperto la nostra relazione, che lo ha minacciato di chiedere il divorzio e di cacciarlo dalla clinica di cui lei è la maggiore azionista», rivelò adesso Carlotta, e proseguì: «Sono sicura che non è vero. Lui non vuole complicazioni sentimentali dalle sue amanti e mi ha scaricata. È così semplice da capire».

«È un infame», affermò Maria Sole.

«Devi fargliela pagare», aggiunse Gloria.

«Non ne vale la pena. Mi passerà, lo dimenticherò e il sole tornerà a splendere», tagliò corto Carlotta. Poi si rivolse ad Andreina: «E tu? Non hai niente da dire?»

«Sono incinta», rispose lei con un filo di voce.

Nella saletta scese il silenzio.

Un cameriere entrò con il carrello e servì la cena.

2

Le quattro amiche lasciarono il ristorante alle undici di sera.

«Ti accompagno a casa in macchina», propose Gloria ad Andreina.

«No, grazie, preferisco camminare», replicò lei, che abitava a pochi isolati da piazza Novelli.

«Comunque, noi due dobbiamo parlare. Domani ti chiamo e ci vediamo», disse l'amica.

Andreina annuì e si avviò verso viale Romagna. Arrivò davanti a un bel palazzo di inizio secolo in cui abitava da quando era ragazza, dopo aver lasciato il suo paese in riva al mare. Aprì il pesante portone in legno massiccio e raggiunse l'ascensore che, come il palazzo, risaliva al periodo Liberty, con i vetri molati e i corrimano di ottone lucente. Salì al terzo piano, varcò la soglia del grande appartamento ricevuto in eredità dalla madre. Aveva già iniziato a addobbarlo per il Natale con rami d'abete, fiocchi rossi e palline dorate.

Andreina amava il Natale e ogni anno acquistava addobbi nuovi che andavano ad aggiungersi ai precedenti e impiegava molte sere per ornare ogni cosa, compresa la testiera del letto.

Il sette dicembre, per Sant'Ambrogio, apriva la serie delle cene natalizie con gli amici.

Quella sera, tuttavia, non rivolse neppure uno sguardo a quegli ornamenti festosi. Pensava solo a Bill Foster, l'uomo che amava e da cui aspettava un figlio. Si erano conosciuti a settembre in Inghilterra, quando la Tulip Inc., la catena di grandi magazzini americani per i quali entrambi lavoravano, aveva radunato a Londra alcuni dirigenti delle filiali sparse in tutto il mondo per un corso di aggiornamento.

Il loro era stato un amore a prima vista e avevano passato tutte le notti insieme amandosi appassionatamente. La loro storia era durata un mese.

Bill era il responsabile amministrativo della Tulip per le filiali europee e viveva a Boston con la moglie e le loro due bambine.

Terminati i corsi, in una mattina di pioggia e vento,

lui aveva accompagnato Andreina a Heathrow, dove avrebbe preso il volo per Milano.

«Non voglio lasciarti», le aveva sussurrato, stringendola fra le braccia.

«Lo sapevamo entrambi che la nostra storia sarebbe finita oggi», aveva risposto lei, tristemente.

Era un distacco doloroso a conclusione di un rapporto che aveva coinvolto tutti e due più di quanto avrebbero voluto.

Andreina stava per accedere ai controlli doganali, si voltò e vide Bill che era rimasto lì, a guardarla partire. Era sconvolta. Quando l'aereo sul quale si era imbarcata era ormai in assetto di volo, una hostess le si era avvicinata e, consegnandole un piccolo pacchetto, le aveva sussurrato: «È per lei, signora Romano».

«Da parte di chi?» aveva domandato.

«Non lo so. È stato affidato al nostro capo-equipaggio perché le venisse consegnato adesso», era stata la spiegazione. Andreina fissava il pacchettino posato sul tavolinetto davanti a lei.

Poi lo aveva aperto lentamente e ne era emerso un cofanetto di Tiffany. All'interno c'era un piccolo ciondolo infilato in una catenella da portare al collo. Era un'orchidea in smalto rosato e diamanti, montata in oro. Bellissima. C'era anche un biglietto su cui Bill aveva scritto: «*I love you.*» Allora le era sfuggito un singhiozzo. Ma Andreina era abituata alle separazioni dolorose e, già da bambina, aveva imparato a controllare la sofferenza.

Adesso, nella sua casa, ripensò all'espressione allarmata delle amiche alla notizia della sua gravidanza. Tuttavia, quando si erano salutate, le avevano detto: «Qualunque decisione tu voglia prendere, sappi che saremo con te».

Ricordò allora che la sua mamma, fin da quando era bambina, le ripeteva: «Che non ti venga mai in mente di fare un figlio senza avere un marito».

«Ho bisogno di silenzio», sussurrò e si preparò per andare a letto.

Si spogliò, indossò la camicia da notte e si infilò sotto le coperte. Spense le luci e tentò di prendere sonno. Inutilmente, perché i pensieri ruotavano intorno alla vita che stava prendendo forma nel suo grembo. E a Bill che, da quando si erano separati, non aveva smesso di scriverle lunghe mail.

Le raccontava di un libro che stava leggendo, di un weekend trascorso a ripulire il prato di casa dalle foglie ingiallite dall'autunno, delle sue bellissime bambine, di Diana, sua moglie, così fiduciosa e serena da non essersi accorta dei suoi lunghi silenzi e dello struggimento che lo assaliva quando la mancanza di Andreina diventava insopportabile. «È possibile amare la mia famiglia, come la amo, e amare disperatamente anche te? Non riesco a dimenticarti, amore mio», le scriveva.

Lei non gli aveva mai risposto perché, se lo avesse fatto, avrebbe dovuto dirgli che neppure lei aveva smesso di amarlo. Si rigirava sotto le coltri, senza riuscire a addormentarsi. Ogni messaggio di Bill la faceva sentire in colpa per essere la causa del suo disagio. Li separava un oceano e soprattutto il solido matrimonio di lui, che lei non avrebbe mai voluto spezzare.

Quella sera, si domandò che cosa sarebbe accaduto se gli avesse detto che aspettava un figlio.

Il sonno non arrivava. Andreina si alzò e andò in cucina a preparare una camomilla.

Accese le lucine di Natale che incorniciavano la porta-finestra che si affacciava sul terrazzo. Pensò al Natale come alla festa di una nascita miracolosa, quella di Gesù, e si chiese se fosse giusto provare tanto sgomento per la vita che le cresceva in grembo. Che colpa ha questo bambino per non essere accolto con gioia? si chiese con un sospiro. Sorseggiò la camomilla guardando, da dietro i vetri, le ombre della notte che avvolgevano il cortile.

Tornò in camera da letto, aprì il cassetto del suo tavolino da notte dove aveva riposto il ciondolo di Tiffany. Non l'aveva mai indossato. Lo fece ora. Poi sedette sul letto e aprì il suo tablet. Lesse una nuova mail di Bill: «Tre giorni fa ero a Berlino e sono stato tentato di raggiungerti a Milano. Non l'ho fatto, perché ci eravamo promessi di non rivederci più, ma ti amo. Continuerò a scriverti, perché non riesco a smettere di pensarti».

Per la prima volta gli rispose: «*I miss you*», mi manchi. E schiacciò il tasto di invio.

Chiuse il tablet, spense la luce e si addormentò.

3

Il mattino dopo, Andreina si lavò e indossò un abito a maglia di morbido cashmere color avorio. Si guardò allo specchio, che le rimandò l'immagine di una donna sottile dal corpo armonioso, il viso dai lineamenti dolci, illuminati dagli occhi celesti, la zazzera corta e sempre lievemente scompigliata.

Si truccò quanto bastava per avere un aspetto curato e poi fece colazione con una centrifuga di sedano e carote, uno yogurt ai cereali e una tazza di tè con due biscotti.

Ripassò mentalmente gli impegni della giornata di lavoro. Spalancò la finestra che dava sul balcone e venne investita da una folata d'aria gelida. La richiuse, calzò gli stivali foderati di pelo e ripose le scarpette con il tacco nella shopper capiente, insieme con il tablet e tutti gli altri oggetti che portava sempre con sé. Indossò un caldo piumino e si richiuse alle spalle la porta di casa.

Nell'atrio rispose al saluto ossequioso del portiere filippino, che stava aprendo il portone del palazzo.

«Si copra bene, dottoressa, perché oggi fa molto freddo», le disse.

Lo ringraziò per quella raccomandazione e aggiunse: «In mattinata consegneranno la scorta dell'acqua minerale. Per favore, aiuti la signora Gina a portarla in casa».

Si riferiva alla domestica a ore che aveva assunto da qualche anno.

Si avviò di buon passo verso piazza Piola per prendere la metropolitana. Emerse in superficie alla fermata di Pagano, in prossimità del palazzo di dodici piani che ospitava i grandi magazzini della Tulip Italy. I vetri e gli acciai traslucidi del modernissimo edificio riverberavano il sole di quel mattino terso e gelido. Alzò lo sguardo fino alla sommità dell'edificio, dove splendevano già le luci che componevano un enorme Babbo Natale su una slitta, carica di doni, trainata dalle renne.

Entrò nell'atrio del palazzo, si infilò nell'ascensore

e salì al sesto piano, che ospitava gli uffici amministrativi.

Rosaria, la sua assistente, era nel corridoio, le andò incontro, la salutò e le aprì la porta su cui spiccava una targhetta di ottone con la scritta: Andreina Romano, responsabile del personale.

«Come va?» le domandò Andreina.

«Tutto a posto», rispose Rosaria e proseguì: «Troverai sul tuo tavolo i tabulati della cooperativa che ci manda il personale per le confezioni regalo. Ti ho evidenziato i nomi delle ragazze che abbiamo già avuto l'anno scorso e che hanno lavorato bene».

«A che punto siamo con i Babbi Natale?» s'informò lei, infilandosi in una stanza attigua al suo ufficio, che fungeva da spogliatoio, dotata di una minuscola cucina in cui scaldare un pasto, con frigorifero e macchinetta per il caffè. Si levò gli stivali e calzò le scarpine che si era portata da casa. La sua assistente appese nell'armadio il piumino che Andreina si era sfilata e accese la macchina del caffè mentre diceva: «Per i Babbi Natale abbiamo dieci studenti, sei disoccupati e due uomini di colore. Rimangono solo tre giorni per selezionarli. Sono nomi nuovi. Li convoco tutti?»

«Direi di sì. Quanto ci costano?» s'informò.

«Il solito: dieci euro l'ora, pagamento con voucher

al netto delle trattenute Inps, cioè sette euro e cinquanta», rispose.

Andreina sedette alla sua scrivania e, mentre Rosaria le serviva il caffè, si domandò per la prima volta chi fosse realmente quella quarantenne sempre inappuntabile, efficiente e riservata. Lavorava con lei da nove anni e di lei sapeva pochissimo. All'inizio della loro collaborazione le aveva chiesto: «Perché non mi parli mai di te, della tua famiglia? Tutto quello che so è che sei sposata, non hai figli e, la sera, la tua cena è una pastina in brodo».

All'epoca, Rosaria aveva risposto: «Cerco di separare la vita privata da quella lavorativa. Del resto, anch'io so poco di te».

Dopo quello scambio di battute, entrambe avevano considerato chiuso l'argomento.

Ora, inaspettatamente, Rosaria disse: «Uno dei sei aspiranti Babbi Natale è mio marito».

«Non mi avevi detto che tuo marito era disoccupato. Che lavoro faceva?» s'incuriosì Andreina.

«Il creativo. Lavorava per una grossa agenzia pubblicitaria che, taglio dopo taglio, due anni fa ha chiuso i battenti. Da allora non ha più trovato un'occupazione. Lui si adatta a fare di tutto. Ha fatto anche l'accompagnatore di anziani. Ha preso un patentino di guardia giurata e, poiché è grande e grosso, a gennaio inizierà a lavorare per un'agenzia di sicurezza», raccontò.

«Allora diciamo che lui è già stato scelto per impersonare Babbo Natale nel reparto giocattoli. Nel frattempo, fagli presentare una domanda d'assunzione per la Tulip. Poi vediamo che cosa si può fare.»

«Grazie, Andreina», sussurrò la donna.

«Ancora una cosa: scegli tu gli altri Babbi Natale. Se hai dubbi su qualcuno, lo esamineremo insieme.»

Trascorse il resto della mattina a sbrigare il lavoro e, a mezzogiorno, uscì per fare due passi.

Si avviò a piedi lungo il viale che portava in centro per distrarsi dal pensiero assillante della sua gravidanza. Vide una giovane donna che le veniva incontro. Era avvolta in un piumino candido e camminava a fatica appoggiandosi a un bastone.

Sul petto portava un marsupio da cui spuntava il capo di un bambino di pochi mesi.

Andreina si fermò a guardarla e, quando la donna le passò accanto, le disse: «Mi scusi, non voglio importunarla, ma come si chiama il suo piccolo?»

La giovane si fermò e dischiuse le belle labbra in un sorriso. Quindi disse: «È una bambina, mia figlia. Si chiama Andrea, ma la chiamiamo Andreina. Ha sei mesi».

«È molto bella», replicò lei chinandosi a guardarla e, dopo un istante, soggiunse: «Anch'io mi chiamo Andreina».

«È un segno che vi siate incontrate», commentò la donna, con un bel sorriso.

«Forse tutto questo ha un significato. Sono Andreina Romano e lavoro ai magazzini Tulip. Venga a trovarmi, e la sua bambina riceverà un regalo speciale», le disse.

«Lei non ha figli?» domandò la giovane.

«No», rispose. E soggiunse: «Non ancora».

Si salutarono e lei stette lì a guardare quella bellissima mamma che si allontanava zoppicando con il suo carico prezioso. Invidiò quella piccina di pochi mesi che godeva dell'amore materno di cui lei era stata precocemente privata. Le sue amiche, ormai da tempo, rappresentavano un surrogato della famiglia che le era mancata.

Squillò il cellulare. Era Gloria.

«Dove sei?» le domandò.

«Per strada. Sono in pausa», rispose.

«Allora ti raggiungo in cinque minuti. Ti ho detto che noi due dobbiamo parlare, ricordi?»

«Non ne ho voglia», confessò.

«Andreina, non fare la scema. Tu hai un problema

e non puoi permetterti di lasciar passare il tempo senza prendere una decisione responsabile. Dunque, dammi le tue coordinate. Sono in macchina e sono già in zona. Dove ti trovo?» insistette l'amica.

«Sto entrando al bar *Fiore*, a cento metri dalla Tulip», si rassegnò a spiegare.

Se la ritrovò davanti, poco dopo, mentre stava per mettere in bocca un toast al prosciutto, seduta a un minuscolo tavolo tondo coperto da una tovaglia immacolata.

«Tu che cosa prendi?» le domandò Andreina.

«Ho già ordinato un'insalata con i gamberi. E adesso guardami negli occhi», sussurrò Gloria.

«Ti sto osservando e vedo che ti sei fatta un trucco perfetto con l'ombretto verde che ti ho regalato», osservò Andreina.

«Non cercare scappatoie. Ieri sera, quando ci hai lasciate davanti al ristorante, Maria Sole, Carlotta e io ci siamo confrontate. Lo abbiamo fatto seriamente, perché noi quattro siamo come sorelle e ci vogliamo bene», prese a dire Gloria.

«Che cosa avete deciso per me?» domandò lei con aria ironica.

«Che devi liberarti di questa gravidanza. Vuoi che ti elenchi le ragioni per cui devi farlo?»

In quel momento, sul suo tablet, le arrivò l'avviso di una mail e Andreina si affrettò ad aprirla.

«Mi imbarco da New York domani sera alle undici. Sarò da te sabato a mezzogiorno. Con amore, Bill.»

4

Arrossendo, Andreina chiuse il tablet.

«E adesso che cosa succede?» le domandò Gloria.

Lei vuotò d'un fiato l'acqua minerale che aveva nel bicchiere e, con un filo di voce, sussurrò: «Bill sta venendo da me».

«Questa non ci voleva», commentò l'amica.

«È colpa mia. Dopo due mesi di silenzio, ieri sera ho risposto alla sua ultima mail dicendogli che mi mancava», confessò Andreina.

«Perché?»

«Lo so che non dovevo. Il fatto è che Bill mi manca davvero. Tu sai che la nostra storia, per quanto brevissima, mi ha profondamente coinvolto. Non era mai successo, prima d'ora. Ho sperato che la lontananza mi aiutasse a dimenticare, invece non fa che acuire il desiderio di rivederlo.»

«Come puoi dimenticarlo se lui non smette di scriverti e tu corri a leggere le sue lettere? Ricorda che lui ha una famiglia, una bella famiglia. Vorresti essere tu a sfasciarla?»

«Io vorrei soltanto essere come Carlotta, che è sempre riuscita a non farsi coinvolgere dalle sue storie con gli uomini.»

«Stavolta, però, ci è cascata anche lei con quel bastardo del chirurgo», obiettò Gloria.

«Lei ha un carattere molto forte, lo dimenticherà presto. Io sono diversa.»

«Certo che lo sei! Non hai avuto nemmeno l'accortezza di prendere delle precauzioni, pur sapendo che lui ha moglie e figli. E ora che ritorna, sollecitato da te, perché forse non sarebbe venuto se tu non gli avessi risposto, che cosa farai? Gli dirai che aspetti un figlio? Avrai il coraggio di costringerlo a dibattersi tra te e la moglie perché sei incinta? Pensaci, Andreina», la rimproverò Gloria, guardandola con aria severa.

«Ho voglia di piangere e urlare.»

«Fallo! Ma questo non risolve il problema.»

«Sono ancora in tempo a scrivergli e a dirgli che non voglio vederlo», disse Andreina con voce esitante.

«Ma non lo farai, perché sei scema e ti stai infilando in un guaio pazzesco dal quale noi amiche non potremo aiutarti a uscire. Ero venuta per dirti che noi tre ti avremmo aiutata ad affrontare un aborto, per salvarti da tutto questo. E tu sai che lo avremmo fatto davvero. Da quando ci conosciamo, ci siamo sempre sostenute a vicenda: ma non possiamo incatenarti per impedirti di cadere in un dirupo. A questo punto, la partita te la giochi da sola. Io ti lascio, perché devo tornare in ufficio, e spero tanto che tu rinsavisca prestissimo», dichiarò, alzandosi dal tavolino.

«Scusi il ritardo, ma ecco qui la sua insalata, signora», disse il cameriere, posando sul tavolo il piatto che Gloria aveva ordinato.

«Lo dia alla mia amica, che ha bisogno di mangiare per due», rispose lei, mentre si avviava verso l'uscita.

Si stava facendo tardi anche per Andreina, che lasciò il bar dopo aver pagato il conto.

Tornata in ufficio, fu accolta da Rosaria che, quando la vide, le domandò: «Non stai bene?»

«Sono un po' stanca», rispose, e soggiunse: «Facciamo insieme le cose più urgenti e poi vado a casa».

«Ti dico subito che ho convocato i Babbi Natale per domattina alle dieci, nella sala del seminterrato, mentre alle nove inizieranno a lavorare le ragazze addette alla confezione dei pacchi. Ce ne saranno tre per ogni piano e credo che bastino, perché sono molto veloci. Aggiungo che mio marito ti ringrazia», la informò.

«Molto bene. Allora affrontiamo il contenzioso delle due commesse del reparto accessori. Falle venire da me. Tu sai perché le due si detestano tanto?»

«Perché una ha rubato il fidanzato all'altra.»

«Oddio! E io come gestisco questa faccenda?» domandò Andreina, spiazzata.

«Con la grazia che ti appartiene. Dipendesse da me, le inciterei a sfidarsi a duello. Mi conosci.»

«Le richiamerò all'ordine», sospirò rassegnata.

«Magari adombrando la possibilità di un licenziamento, se non la smettono di farsi i dispetti. Dati i tempi, sono sicura che si calmeranno immediatamente», suggerì Rosaria, portando dalla stanza attigua un vassoio su cui aveva posato la tazzina del caffè.

«Devo proprio essere io a fare questa parte che non mi piace?»

«Sei tu il capo», replicò Rosaria.

«Grazie tante», ironizzò Andreina, sedendo alla scrivania.

Nel momento in cui stava per bere il primo sorso di caffè, la sua assistente soggiunse: «In sala mensa, si parlava dell'arrivo di un big boss di Boston».

Andreina non riuscì a controllare un attacco di tosse e il caffè che stava sorseggiando le andò di traverso.

«Chi lo diceva?» s'informò, dopo aver ripreso fiato.

«La segretaria di Cattaneo, che l'ha saputo dalla segretaria di Colaianni. Pare si tratti di Mister William Foster», rispose Rosaria.

Al nome di Bill, Andreina avvertì un senso di smarrimento.

«Mandami le due contendenti, subito. Sbrigo questa faccenda e poi me ne vado», disse a Rosaria.

«E fai bene, perché hai una faccia che non mi piace. Ti prego, non ammalarti proprio adesso, con tutto il lavoro che ci aspetta e l'arrivo del grande capo. Andreina, ti supplico, abbi cura di te», raccomandò l'assistente, mentre la scrutava con preoccupazione. «Perché non te ne torni subito a casa? Penso io a risolvere la scocciatura con le due commesse», soggiunse.

«Fallo e chiamami un taxi», decise Andreina, perché era sconvolta, anche se cercava di non darlo a vedere.

La notizia dell'arrivo di Bill in azienda significava che non avrebbe avuto scuse per non incontrarlo e, a quel punto, sentì il bisogno di confrontarsi con Armanda Arrigoni, la sua ginecologa.

Così, lasciando l'ufficio, decise di andare in clinica. La dottoressa iniziava le visite in ambulatorio alle tre del pomeriggio e di solito era puntuale. Riceveva solo su appuntamento, ma lei aveva bisogno di vederla subito e sperò che, presentandosi con mezz'ora d'anticipo sull'orario delle visite, potesse riceverla. Così diede al tassista l'indirizzo della clinica Macedonio Melloni.

Incrociò la ginecologa lungo il corridoio che portava al suo studio. La dottoressa Arrigoni era una sessantenne che celava, sotto l'aspetto severo, un carattere dolce e materno. Parlava poco, ma sapeva ascoltare le sue pazienti.

«Andreina, che ci fai qui?» le domandò.

«Ho bisogno di parlarle», le rispose.

«Seguimi», disse, precedendola verso il suo studio.

La donna conosceva Andreina da diversi anni, da quando si era rivolta a lei per la sua prima visita ginecologica.

Quando furono sedute, una di fronte all'altra, la dottoressa si dispose ad ascoltarla.

«Quanto tempo mi rimane, prima che l'aborto diventi un rischio?» domandò Andreina.

La donna cercò sul computer la sua scheda, la lesse e disse: «Due settimane».

«Non so prendere una decisione.»

«Nessuno può dirti quello che devi fare. Ascolta te stessa, ma decidi velocemente.»

A quel punto, Andreina scoppiò in un pianto irrefrenabile. La dottoressa aspettò che la crisi passasse e che la sua paziente riprendesse a parlare.

«Sono innamorata persa del padre del bambino, che non sa nulla, né voglio che sappia, poiché lui ha già moglie e due figlie che non meritano di essere coinvolte in questa situazione. Lui sta per arrivare da me e io temo di tradirmi. Che cosa dovrei fare?»

«Ti sei già risposta da sola dicendomi che non vuoi sconvolgere la sua vita.»

«Certo, tacerò, mi punirò per questo innamoramento e ricorrerò all'aborto. A parole è tutto facile. Nei fatti, però, non è così.»

«L'amore non si controlla e solo tu puoi decidere se tenere o rifiutare la vita che sta crescendo dentro di te. Dieci giorni fa mi avevi detto che volevi abortire, ora ti fisso l'appuntamento per il prossimo venerdì mattina. Se cambi idea, basterà che mi mandi una mail», concluse Armanda Arrigoni. E la congedò.

Andreina si avviò a piedi verso casa. Quando si

richiuse alle spalle la porta del suo appartamento, si liberò del piumino e degli stivali, si distese sul letto, aprì un cassetto del tavolino da notte e prese un piccolo album di fotografie che ritraevano la sua mamma.

Sfogliò lentamente le immagini che ne ripercorrevano la storia iniziata a Porto Cesareo, un bellissimo paese del Salento.

Ieri

1

Era un tramonto di fine estate. Andreina, che aveva sei anni, e la sua mamma, Viviana, una bella ventenne, sedevano silenziose in spiaggia sulla sabbia ancora calda e guardavano la distesa del mare. Gli ultimi raggi del sole tingevano il cielo di rosso mentre le barche uscivano lentamente dal porto per andare a pesca.

La mamma le aveva annunciato che il mattino dopo, di buon'ora, sarebbe partita. Lasciava Porto Cesareo, con le sue torri saracene e la gente pettegola che le aveva avvelenato la vita perché era una ragazza madre. A sedici anni aveva conosciuto Lars, un ragazzo svedese che era lì in vacanza con due amici, portando soltanto un sacco a pelo e uno zaino. Si erano incontrati al bar nella piazza principale del paese, luogo di ritrovo dei giovani. Si erano subito piaciuti e avevano passato insieme le giornate e le sere. Viviana con lui aveva fatto l'amore per la prima volta.

Un giorno Lars era sparito lasciandole al solito bar un foglietto con un messaggio: «Ti amo, dolcezza. Ci vediamo la prossima estate».

Viviana aveva pianto tutte le sue lacrime perché era profondamente innamorata. Il mese successivo si era accorta di essere incinta. Lei era l'ultima di sette figli e sua madre era morta dandola alla luce. Sconvolta e impaurita, aveva deciso di confidarsi con il padre, che aveva reagito alla notizia con insulti e percosse, accusandola di disonorare la famiglia.

La ragazza, disperata, aveva confessato tutto al parroco, don Mauro, che era piombato nella casa dei Romano e aveva affrontato il padre di Viviana: «Vergognati! Non sai che una donna incinta è sacra? Ti comporti come un animale. Devi aiutarla e portarle rispetto. Se non lo farai, io ti denuncerò!»

Alla fine, il padre aveva accettato di farsi carico di quel disonore e, quando nacque Andreina, si intenerì e vegliò su di lei, pur continuando a considerare la figlia come una disgrazia per la famiglia.

Andreina era nata ad aprile e Viviana aspettava che in luglio Lars ritornasse. Ogni giorno, prima del tramonto, si avviava verso la piazza del paese con la sua piccola tra le braccia, sperando di trovarvi il suo innamorato. E intanto parlava alla bambina: «Forse, questa sera, vedrai il tuo papà. Anche lui sarà felice di conoscerti. Sai, è un ragazzo bellissimo, è alto, forte e profuma di lavanda. Ha gli occhi azzurri come i tuoi e una selva di capelli biondi. Sono stata felice con lui che mi ha regalato te, la mia bambina preziosa. Lui verrà e ci porterà in Svezia».

Gli anni passarono e Lars non tornò più, ma Andreina non smetteva di chiedere di suo padre alla mamma, soprattutto la sera quando si coricava nel letto accanto a lei. «Raccontami del mio papà», la spronava.

Viviana inventava sempre nuovi particolari, trasformando quella figura maschile in un eroe leggendario che navigava gli oceani, affrontava tempeste, approdava su isole inesplorate dei mari del Sud, combatteva contro le tribù dei selvaggi, scopriva forzieri d'oro pieni di pietre preziose e un giorno sarebbe tornato a Porto Cesareo. Allora tutti e tre insieme avrebbero fatto il giro del mondo.

Inventava queste storie per rendere più tollerabile la vita difficile che entrambe affrontavano ogni giorno, circondate dalla diffidenza e dalla maldicenza.

In quel tramonto di settembre, sedute sulla spiaggia, Viviana spiegava ad Andreina che, per qualche tempo, sarebbe vissuta con lo zio Carmine e sua moglie, la zia Evelina, che avevano tre figli poco più grandi di lei.

«Tu comincerai una nuova vita, perché tra pochi giorni andrai a scuola. Comincerò una nuova vita anch'io, a Milano, dove andrò a lavorare, ma verrò a trovarti ogni volta che mi sarà possibile e ti telefonerò ogni domenica. Dobbiamo essere forti, tutte e due, mi capisci, piccola mia?»

Anche don Mauro aveva spiegato alla bambina che la sua mamma doveva lavorare per guadagnare un po' di soldi e garantire a loro due una vita migliore.

Il parroco era stato consultato da un compaesano che tanti anni prima era partito senza un soldo ed era andato a Milano, dove si era fatto strada lavorando per un ricco commerciante di tessuti. In seguito, aveva sposato la figlia del suo datore di lavoro e, alla morte del suocero, aveva ereditato oltre alla casa un grande negozio nel centro della città.

Non avevano figli e la moglie, da qualche tempo, era caduta vittima di una grave depressione. Così il compaesano aveva chiesto al parroco se poteva trovargli una persona adatta a occuparsi di sua moglie e della casa, e don Mauro lo aveva messo in contatto con Viviana.

Avevano concordato un ottimo stipendio e, se la ragazza si fosse dimostrata all'altezza del suo compito, non era escluso che, un giorno, le avrebbe consentito di accogliere anche Andreina.

«E se poi fai come il mio papà che non è più tornato?» domandò ora la bambina, soffocando il pianto.

«Tuo padre non ha mai saputo di avere una figlia. Io invece non posso stare senza di te», la rassicurò Viviana.

Quella sera, nel letto che le ospitava, la piccola si aggrappò al collo di sua madre e disse: «Mamma, giurami che verrai presto a prendermi per tenermi sempre con te. Dimmi: 'Lo giuro'».

«Te lo giuro. Tu avrai dalla vita tutto quello che a me è mancato. Potrai studiare e diventare una scienziata, o una maestra di scuola, o una dottoressa che cura i malati, o una campionessa di nuoto. Potrai fare quello che vorrai. Ma adesso anche tu devi farmi una promessa: non piangerai quando io sarò lontana e, soprattutto, che non ti venga in mente di fare un figlio senza avere un marito.»

«Sono piccola, non posso avere un figlio.»

«Ma crescerai presto», sussurrò Viviana, con un sospiro, abbracciando forte la sua bambina.

Dopo la partenza di sua madre, Andreina era stata accolta dagli zii e dai cugini. Avrebbe tanto voluto restare nella casa con il nonno, ma lui era anziano, pieno di acciacchi e non poteva prendersi cura di lei.

2

Per Andreina gli anni trascorsi nella famiglia di zio Carmine furono molto tristi, perché zia Evelina non nascondeva la sua avversione per Viviana, che aveva lasciato la sua bambina per andare al Nord a fare, secondo lei, la bella vita.

Ogni volta che Andreina le chiedeva qualcosa di nuovo, rispondeva: «Non è contemplato nel contratto con tua madre, chiedilo a lei».

Lo zio Carmine si limitava a ignorarla, come faceva con i suoi figli. Aspettava solamente che il figlio maggiore compisse quattordici anni per portarlo a pesca con sé, perché doveva imparare un mestiere ed essere d'aiuto alla famiglia. Riceveva ogni mese il denaro che gli mandava la sorella da Milano, per il mantenimento di Andreina, e lo dava alla moglie che commentava: «Anche per questo mese il cibo e un tetto per la bastardina sono assicurati».

Andreina, per quanto piccola, cercava di reagire alla sofferenza e alla malinconia struggente per la mancanza di sua madre che, come le aveva promesso, le telefonava ogni domenica.

Il datore di lavoro di Viviana, Mario Guarnieri, era un settantenne con una moglie molto più giovane di lui, Pina, che passava le giornate a piangere e prendeva tante medicine, che non le davano alcun giovamento. La infastidiva la luce del sole e pretendeva che in casa si tenessero sempre le persiane chiuse. Sedeva in poltrona per ore e seguiva le televendite acquistando batterie di pentole che non usava, vestiti che non metteva, lenzuola e trapunte che andavano ad aggiungersi a quelle che possedeva e restavano negli scatoloni che si impilavano nella stanza guardaroba.

Viviana aveva informato di ciò il marito, il quale le aveva detto che, a Natale, venivano quelli della parrocchia a ritirare il tutto per darlo ai poveri.

«Lasciala fare. Quando ho tentato di ostacolarla, ha avuto una crisi isterica», aveva replicato.

Una mattina d'ottobre, dopo un mese di permanenza dai signori Guarnieri, Viviana si armò di coraggio e, con dolcezza e determinazione, riuscì a trascinare fuori di casa la signora Pina, che non usciva da due anni, e lo disse al signor Mario.

Dopo che il portiere gli ebbe confermato che la moglie era uscita per davvero, l'uomo diede a Viviana del denaro fuori busta, dicendole: «Brava ragazza. Hai fatto un miracolo».

Viviana aveva mandato subito il denaro al fratello perché comperasse le scarpe nuove per Andreina.

Don Mauro era andato una sera in visita da Carmine Romano e, alla famiglia riunita intorno al tavolo, aveva raccontato che Mario Guarnieri gli aveva telefonato e non smetteva di ringraziarlo per avergli mandato Viviana, una perla di ragazza. Aveva detto che la moglie era migliorata con le sue cure e che Viviana era una medicina migliore di quelle che le prescriveva il medico curante.

«Carmine, tua sorella è proprio una brava ragazza. Meriterebbe più rispetto da parte tua e soprattutto di tua moglie», disse il prete.

«Mi meraviglio di voi, don Mauro, le brave ragazze conservano la loro virtù per il marito», commentò Evelina.

«Ricorda, figliola, che cosa disse Gesù a quelli che volevano lapidare la Maddalena: 'Chi è senza peccato, scagli la prima pietra'. Se vorrai ancora ricevere la Comunione, dovrai prima confessare il tuo peccato di superbia e pentirti della tua cattiveria», tagliò corto il vecchio prete, con voce severa.

Andreina era consapevole di essere diversa dai suoi coetanei che, sapendola figlia di una ragazza madre, la tenevano a distanza. Avvertiva il peso della solitudine e, ancora di più, la mancanza della madre.

Tuttavia, cercava di rendersi utile alla zia e di non far pesare la sua presenza. La telefonata domenicale della mamma la consolava della sua assenza.

Viviana le parlava dei signori Guarnieri e lei immaginava la bellissima casa con i mobili di lusso, i tappeti soffici, i soffitti decorati e le pareti costellate di grandi quadri. La mamma aveva una cameretta e un bagno tutti per sé.

Sempre dai racconti della mamma, Andreina si immaginava il grande negozio con quattro vetrine in cui venivano esposte sete impalpabili e lane soffici come una carezza. Questi tessuti pregiati e costosissimi sarebbero diventati abiti bellissimi per le signore.

Un giorno, al telefono, prima di salutarla, la mamma le disse: «Sai, Andreina, ci si innamora una volta soltanto nella vita. Io mi sono innamorata di tuo padre ed è stato un amore così assoluto, così perfetto che, qualche volta, potrei pensare di averlo soltanto sognato. Ma ho avuto te, a dimostrarmi che c'è stato davvero».

«Mamma, quando vieni a portarmi via da qui?» domandò Andreina, perché aveva tanto bisogno dei suoi abbracci e delle sue carezze. A volte le sembrava di essere come un frutto strappato dall'albero che lo aveva nutrito e protetto.

«A Natale verrò da te. Non sono sicura di poterti portare con me a Milano, ma sto lavorando affinché il giorno in cui torneremo a vivere insieme non sia lontano.»

Viviana tornò a Porto Cesareo la sera della vigilia di Natale, portando regali per tutti, per Andreina in particolare.

«Pensa, ho viaggiato in aereo!» disse, stringendo fra le braccia sua figlia.

«Hai avuto paura?»

«Tantissima. Però ho visto gli altri passeggeri tranquilli e mi sono calmata. Allora ho cominciato a guardare dal finestrino e ho visto il sole sopra un tappeto di nuvole bianche. Era bellissimo. Quando sono atterrata a Brindisi, non riuscivo a credere che fosse passata poco più di un'ora da quando avevo lasciato Milano.»

Quella notte, dopo tanto tempo, Andreina tornò con la mamma nella casa del nonno, si addormentò abbracciata a lei e si sentì perfettamente felice.

La felicità durò poco. La mamma, che sarebbe dovuta ripartire il giorno di Capodanno, ricevette una telefonata dal signor Mario che la supplicava di rientrare immediatamente, perché sua moglie era ripiombata in una crisi di depressione. Il medico gli aveva detto: «Richiami subito Viviana oppure dovrò ricoverare sua moglie in clinica».

Viviana spiegò tutto ad Andreina e ripartì.

3

Andreina aveva concluso le scuole medie quando il signor Guarnieri si ammalò gravemente.

Prima di entrare in ospedale per essere operato, avendo poche speranze di salvarsi, fece venire a casa il notaio e gli dettò le sue volontà. In assenza di eredi, alla sua morte lasciava l'appartamento in cui abitava con la moglie a Viviana Romano, per essersi presa cura della sua amatissima Pina. Per la stessa ragione, Viviana avrebbe ereditato anche la bottega di tessuti. Quanto ai beni mobili, investiti in azioni, titoli e obbligazioni, dovevano essere trasferiti alla moglie delegandone la gestione a Viviana, a condizione che la stessa accudisse la signora Pina fino alla fine dei suoi giorni, garantendole la vita agiata di cui aveva sempre goduto.

Il testamento includeva anche una postilla ricattatoria. Chiedeva a Viviana di aspettare a ricongiungersi alla figlia fino a quando quest'ultima avesse raggiunto i diciott'anni e, anche allora, avrebbe dovuto riflettere sulla presenza in casa di una giovane che avrebbe potuto sconvolgere l'equilibrio fragile della moglie.

Sia la moglie sia Viviana non conoscevano il contenuto del testamento. Viviana, però, era stata informata dal medico di famiglia che le possibilità di una felice riuscita dell'intervento, a cui sarebbe stato sottoposto Mario Guarnieri, erano poche. Ma le previsioni pessimistiche furono smentite e, dopo l'operazione, l'uomo recuperò la salute in pochi mesi.

Quando lo vide ristabilito, sua moglie confessò a Viviana: «Speravo di liberarmi di lui perché non l'ho mai sopportato».

«Signora Pina, che cosa dice?» sussurrò la giovane, sconvolta.

«L'ho sposato per compiacere mio padre, ma non lo volevo e non volevo avere figli, mentre lui avrebbe voluto impormeli. Lui voleva essere padrone della mia vita. Era geloso come tutti i meridionali e mi faceva fare una vita da reclusa. Potevo avere gioielli e vestiti, dovevo però sfoggiarli solo in casa, per lui. Mai una bella vacanza. D'estate dovevo seguirlo al suo paese e, mentre lui andava a spasso con gli amici, io dovevo stare in casa con le donne della famiglia, che mi guardavano con diffidenza perché ero una del Nord. Una volta ho pensato di scappare. Ci crederesti? Non l'ho fatto perché non avrei saputo dove andare. Mi sembrava che tutto congiurasse contro di me per costringermi a vivergli accanto.»

Viviana aveva ascoltato quella confessione con orrore e dolore, e si era domandata se quelle parole fossero frutto della mente malata di Pina, oppure se si fosse ammalata a causa di quella vita infelice.

Ma il risultato fu che, da quel momento, iniziò a guardare il signor Mario con occhi diversi, anche se non riusciva a credere che fosse un aguzzino, come sua moglie lo aveva descritto.

Da quando lavorava dai Guarnieri, Viviana aveva accantonato su un libretto di risparmio lo stipendio che percepiva e, ormai, aveva abbastanza denaro per mandare la figlia in una scuola per signorine di buona famiglia, sottraendola così alle angherie della zia Evelina.

Scelse un collegio di Bari, dove Andreina frequentò il liceo classico. Era una studentessa eccellente, studiosa, bene educata.

Era cresciuta senza affetti, tranne quello della madre sempre lontana. Così, non riusciva ad affezionarsi a chi le stava intorno. Osservava con distacco le sue compagne di liceo che vivevano drammi d'amore, più sognati che reali, e se qualche ragazzo la corteggiava lei sembrava non accorgersene.

Da diversi anni, sua madre era riuscita a strappare ai Guarnieri il permesso di assentarsi per un mese, in estate, per andare in vacanza con sua figlia. Andreina era felice di averla vicina, ma non ne avrebbe fatto un dramma se le fosse capitato di dover rinunciare alla sua presenza.

Poi, accadde che il signor Guarnieri tornò ad ammalarsi e morì in un paio di mesi.

«Ora puoi far venire qui tua figlia», annunciò a Viviana la vedova Guarnieri e, dopo che il notaio ebbe letto le volontà testamentarie del marito, soggiunse: «Ha voluto garantirsi che io passassi da una sudditanza all'altra».

«Signora, io non voglio niente di tutto questo», si era affrettata a dire Viviana.

«Ormai mio marito non c'è più, finalmente mi sento libera e ho piena fiducia in te, che considero come una figlia. Dunque, la mia volontà è quella di lasciare le cose come lui le ha indicate. Desidero soltanto vendere l'attività che ha fatto ricco mio padre e poi mio marito, perché non voglio occuparmene e tu, Viviana, non hai l'esperienza per seguirla.»

Dopo i funerali, Viviana telefonò alla figlia.

«Domani parto per venire da te. Dobbiamo parlare, perché sta per aprirsi una pagina nuova della nostra vita», le annunciò.

«Come sei bella», disse qualche giorno dopo, quando la raggiunse a Bari, in collegio. «Hai gli occhi azzurri di tuo padre e i capelli come i miei. E quanto sei cresciuta dall'ultima volta in cui ci siamo viste!» constatò, gonfia d'orgoglio per essere la madre di una ragazza così attraente.

«Anche tu, mamma, sei una ragazza niente male», replicò Andreina.

«Vieni qui, lasciati abbracciare», disse la mamma, stringendola a sé. E domandò: «Dobbiamo stare per forza in questo salotto del collegio? Non possiamo uscire?»

«Con la retta che paghi, possiamo fare quello che vuoi», la tranquillizzò sua figlia.

Si fecero portare da un taxi in un locale tranquillo davanti al porto.

Stettero in silenzio a guardare il mare, nella luce del tramonto, come tanti anni prima, quando Andreina aveva sei anni e la mamma stava per lasciarla. Poi Viviana le disse: «Ricordi quello che ti ho promesso quand'eri bambina?»

La ragazza annuì.

«Bene, adesso finalmente ti porto a Milano con me. Vivremo in una casa grande, molto bella, tu avrai la tua camera e ti rifarò il guardaroba. Siamo ricche, bambina mia», spiegò Viviana, felice.

Andreina le sorrise e disse: «Sono passati dodici anni da quando sei partita. So che sono stati difficili per te, ma non sai quanto siano stati duri per me. Ho imparato a far tacere i sentimenti, a soffocare la sofferenza che mi provocava la tua lontananza. Così, anche se mi piacerebbe venire subito con te a Milano, penso sia meglio che ti raggiunga dopo aver dato gli esami di maturità. Sei d'accordo?»

Seguì un lungo silenzio, poi Viviana sussurrò: «Sei cambiata, Andreina. E come potrebbe essere altrimenti? È passato tanto tempo da quando ti ho lasciato sola. Non potremo più riacciuffare il passato, quello è perduto per sempre, ma il futuro sarà nostro, se lo vuoi».

Allora sua figlia l'abbracciò e disse: «Certo che lo voglio. Hai fatto tanti sacrifici per me. Spero di non deluderti quando verrò a vivere con te. Ti voglio bene, mamma».

Viviana tornò a Milano e, davanti al palazzo in cui viveva, trovò un assembramento di persone.

«Che cosa è successo?» domandò allarmata.

«Una donna si è buttata dal terzo piano ed è morta prima che arrivassero i soccorsi», rispose un poliziotto.

Lei riuscì a entrare nell'atrio dell'edificio e il portiere le disse: «La signora Guarnieri si è ammazzata».

La signora Pina aveva lasciato in bella vista sul tavolo della sala da pranzo una busta indirizzata a lei che conteneva questo messaggio: «Cara Viviana, senza l'odio per mio marito che mi teneva in vita, non ho più una ragione per continuare a vivere». Erano passati quindici giorni dalla morte di Mario Guarnieri.

4

Il procuratore Carlotta Biffi stava attraversando il viale all'altezza del palazzo che, al piano terreno, ospitava lo studio di avvocati in cui lavorava.

Aveva trascorso la pausa-pranzo in un ristorante con un cliente, e ora rientrava in ufficio. Aveva la mente focalizzata su uno spinoso problema legale e andava elaborando la comparsa che avrebbe dovuto stendere per il suo capo, entro sera. Era così assorta da non accorgersi degli sguardi di ammirazione dei passanti, perché Carlotta era giovane e molto bella. Aveva gambe lunghe e perfette, un fisico da indossatrice esaltato dalla severità dell'abbigliamento, una cascata di capelli d'oro e un viso luminoso, sensuale.

Il rumore stridente di una frenata d'auto richiamò la sua attenzione e vide una ragazza distesa a terra, il suo motorino distante da lei un paio di metri, e un'auto che si allontanava a tutta velocità. Riuscì a leggerne la targa imprimendosela nella memoria. Poi si precipitò a soccorrere la giovane.

Si chinò su di lei, imitata da altri passanti.

«Come stai?» le domandò.

«Non lo so», rispose la ragazza, tentando di rialzarsi. Indossava jeans e un giubbotto di pelle.

«Non muoverti», le ordinò Carlotta, mentre componeva un numero sul suo cellulare. Quindi le disse: «Sto chiamando il 118. Sai come ti chiami?»

«Certo che lo so e voglio rialzarmi e recuperare il mio motorino.»

«Il tuo motorino è piuttosto acciaccato e l'auto che ti ha investito è fuggita. Per questo devi fare una serie di accertamenti. Adesso metto in memoria sul cellulare il numero di targa del pirata. Fammi un sorriso.»

«Non ho affatto voglia di sorridere. Adesso chi la sente mia madre?»

«Se riesci a sorridere, significa che la testa è a posto.»

«Però mi fa male il collo e credo di avere un braccio scorticato. Sei un medico?»

«Sono un procuratore legale e conosco i tuoi diritti. Sistemeremo a dovere il gentiluomo che è scappato», affermò Carlotta con aria sbrigativa, mentre la ragazza si era rialzata con il suo aiuto.

Un passante le aveva raccolto e riconsegnato il motorino. In quel momento arrivò l'ambulanza.

Mentre la ragazza veniva adagiata su una barella, Carlotta le chiese il nome e l'indirizzo di casa.

«I casi della vita!» esclamò Carlotta quando Andreina le ebbe risposto, e proseguì: «Abiti nello stesso palazzo in cui lavoro. Parlerò io con tua madre. Ciao Andreina», la salutò mentre gli infermieri caricavano la barella sull'ambulanza.

Quel giorno Andreina conobbe la sua prima amica milanese, che riuscì a farle avere un cospicuo indennizzo dall'assicurazione e anche un motorino nuovo. Se la cavò con un colpo di frusta e dovette indossare il collare per un mese. Nel frattempo, però, aveva fraternizzato con Carlotta che, a volte, saliva a trovarla al secondo piano, accolta con gioia anche da Viviana.

Andreina si era iscritta alla facoltà di Economia e commercio e capitava che, dopo cena, le due si isolassero in un salottino a studiare insieme. Andreina preparava il primo esame di diritto privato, mentre Carlotta si accingeva a sostenere il concorso per diventare avvocato.

«Per una donna, si dice avvocatessa o avvocata?» le chiese una sera Andreina.

«Avvocata, ma mi sembra un termine così brutto che mi definirò sempre e soltanto 'avvocato'», dichiarò.

«Ma quando tu sarai avvocato, io sarò ancora una matricola», osservò la ragazza.

«Perché hai scelto la facoltà di Economia e commercio?» le chiese Carlotta.

«Mi piace occuparmi di economia e di finanza. Non farei mai l'avvocato che deve farsi carico dei problemi degli altri. Ho già i miei problemi che mi disturbano», spiegò.

«Hai voglia di parlarne?»

«Lo farei, se soltanto riuscissi a decifrarli. Te ne dico uno di cui sono consapevole: non riesco a innamorarmi.»

«Ti sembra un problema? È una fortuna! Gli uomini, se li conosci, li eviti. A me piacciono molto, ma dopo che il primo ragazzo dei miei sogni si è rivelato un bastardo, ho imparato a diffidare della mia debolezza verso di loro. Quindi li uso e poi li scarico. Insomma, metto in pratica le loro stesse strategie e ti assicuro che così funziona benissimo. Tanto più che io non vado a caccia di un marito. Amo troppo la mia indipendenza per legarmi a qualcuno per tutta la vita.»

«Però sarebbe bello, non credi? A me è mancata molto una figura paterna. Ho passato l'infanzia a idealizzare un padre che non c'è mai stato e però, nella fantasia, era così affascinante che vorrei incontrare un uomo come lui. Ma so che, se lo incontrassi, mi chiuderei a riccio per paura di essere abbandonata.»

«Ed è proprio questo il tuo problema: il timore dell'abbandono. Oddio, si è fatto tardi e devo scappare. Ringrazia tua madre per la cena.»

Carlotta era così, sempre di corsa, sempre tagliente nei suoi giudizi, sempre travolta dagli impegni.

«Non ti capita mai di fermarti a pensare?» le domandò Andreina, accompagnandola alla porta.

«A che cosa? Al fatto che la vita scorre e che ogni istante è prezioso e non deve essere perduto? Ci penso in continuazione ed è per questo che corro. Allenati a correre anche tu, Andreina.»

Quando Carlotta se ne andava, le lasciava un senso di vuoto. Una sera, dopo che l'amica l'aveva lasciata sola, Andreina raggiunse sua madre, che sedeva al tavolo dello studio e controllava le fatture con l'aiuto di una calcolatrice antidiluviana che era stata del signor Guarnieri.

«Nemmeno tu ti fermi mai», constatò la ragazza.

«Che cosa intendi dire?» chiese Viviana.

«Ti fermi mai a pensare?»

«A che cosa? Continuo a non capire.»

«Mi sembri un moto perpetuo. Cominci al mattino a pulire e rassettare la casa, e poi corri a fare la spesa, vai in banca, vai dal commercialista, vai in parrocchia a portare abiti e cibo per i poveri, e poi ti chiudi qui dentro a fare i conti. Mai una volta che ti veda in poltrona a guardare il soffitto senza fare niente.»

«Perché dovrei? Non sono ammalata. Del resto, faccio quello che fanno tutti. La vita scorre e bisogna starle dietro.»

«Parli come Carlotta.»

«Per carità! Lei è una giovane istruita, mentre io sono solo una donna ignorante che è stata molto fortunata! Non smetto mai di ringraziare il cielo per essere riuscita a garantirti una vita migliore della mia. Ma ho dovuto lavorare e, soprattutto, rinunciare a vederti crescere. Ti conosco così poco, Andreina», concluse con rammarico.

«Anch'io, mamma, ti conosco poco. Del resto non so niente nemmeno di me stessa. Sono cresciuta sballottata tra la casa del nonno, quella di zio Carmine, il collegio e adesso sono qui. Questo sarà il mio nido, o dovrò aspettarmi altri cambiamenti?» chiese la ragazza.

«Mi viene da piangere a sentirti parlare così», disse Viviana. Si alzò dal tavolo e l'abbracciò sussurrando: «Che non ti venga mai in mente di fare un figlio senza avere un marito».

«Ci puoi scommettere», garantì Andreina.

5

«ANDREINA, io voglio tornare al paese», annunciò Viviana alla figlia che si era laureata da poco e l'aveva sorpresa a impilare oggetti e indumenti dentro un grande baule verde con le borchie di ottone.

«La tua vita è qui, a Milano. Vuoi davvero tornare a Porto Cesareo, tra la gente che un tempo ti ha fatto solo soffrire?» le domandò.

«Devo ritrovare le mie radici. Ero venuta al Nord per garantire a te una vita migliore della mia. Ora ti sei laureata e hai un posto di lavoro importante. Non ti ho dato un padre, ma ti ho garantito un futuro. Ho assolto il mio compito. Adesso ti lascio vivere la tua vita», replicò Viviana, continuando a riempire il baule che avrebbe spedito a Porto Cesareo, nella villa che un tempo era stata di un armatore di pescherecci e che ora lei aveva acquistato per trasformarla in un albergo per i turisti, che diventavano sempre più numerosi.

Andreina la guardò quasi con odio e sbottò: «Ma che razza di madre sei? Mi prendi e mi abbandoni a tuo piacimento. Mi hai lasciata sola quand'ero bambina, poi mi hai mandato in collegio, infine mi hai portato con te quassù quando ormai ti consideravo un'estranea. E adesso che stiamo finalmente costruendo un'intesa fra noi, tu vuoi andartene. Penso che tu sia soltanto un'egoista. Volevi riscattarti agli occhi dei tuoi compaesani e lo hai fatto acquistando la villa dei Palmieri. Tu vuoi tornare al paese per dimostrare a tutti quanto vali. Ma non ti vergogni?»

Viviana, che fino a quel momento aveva ascoltato Andreina senza interromperla, avvampò di collera e le colpì la guancia con uno schiaffo. Non era mai accaduto prima d'allora che alzasse le mani su di lei.

«Mi chiedo che razza di mostro ho partorito. Ti sei mai domandata che vita ho fatto per darti tutto quello che desideravo per te? È questa la tua gratitudine?»

«L'hai detto! Quello che tu desideravi. Ma ti sei mai chiesta che cosa volevo io? Hai mai pensato che io avessi semplicemente bisogno di stare con te? Ora, sai che cosa ti dico? Vattene pure, appaga il tuo orgoglio, ma sappi che sarai sola come lo sei sempre stata», gridò Andreina e se ne andò sbattendosi alle spalle la porta di casa.

Viviana si abbandonò a un pianto dirotto.

Andreina scese le scale e irruppe nello studio legale di Carlotta. Aveva bisogno di riversare sull'amica il suo dolore.

L'avvocatessa era nel pieno di una seduta con alcuni clienti. Vide il viso sconvolto dell'amica, si scusò con i presenti, si alzò e la accompagnò in un salottino.

«Che cosa è successo?» chiese, preoccupata.

Tra i singhiozzi, Andreina raccontò tutto.

«E ti ha dato uno schiaffo? Al suo posto, io ti avrei gonfiato la faccia di ceffoni!»

«Ma perché?» domandò la ragazza, sbalordita dalla reazione dell'amica.

«Perché sei una ragazzina viziata alla quale tutto è dovuto. E tua madre ti ha dato tutto, ti ha dato troppo. Si è ammazzata di lavoro, senza mai fartelo pesare, per allontanarti dai parenti e da un paese che ti considerava una bastarda. L'avessi avuta io una madre come la tua! E non basta. Vuoi sapere perché se ne va? Perché è stanca di essere guardata con sufficienza. Tu sei un ghiacciolo, Andreina. Hai sofferto tanto da bambina e adesso hai paura dei sentimenti, hai paura di soffrire. Ma la vita, mia cara, è fatta anche di sofferenze. E adesso, levati dai piedi, perché io ho cose davvero gravi di cui occuparmi», la sferzò Carlotta e tornò nel suo ufficio, lasciandola lì a riflettere su quello che le aveva detto.

Andreina risalì in casa. Sua madre era seduta sul terrazzo e guardava nel vuoto.

L'aria tiepida di settembre le scompigliava i capelli bruni che, in alcuni punti, andavano tingendosi d'argento. Viviana aveva solo quarant'anni ma era precocemente invecchiata.

Guardandola, Andreina pensò che quella piccola donna coraggiosa aveva avuto soltanto due momenti di gioia nella sua vita fatta di umiliazioni: una breve passione per un ragazzo biondo che, dopo averla resa madre, era svanito nel nulla, e un amore sconfinato per la figlia che la ricompensava con la sua freddezza. Non aveva mai voluto trovare un nuovo compagno con il quale dividere i giorni e le notti. E ora che sua figlia era abbastanza grande per affrontare la vita, finalmente faceva qualcosa per se stessa.

Andreina si avvicinò a lei, si chinò e l'abbracciò. Le sussurrò: «Mamma, perdonami. Ti voglio tanto bene».

«Lo so», rispose la donna, stringendola a sé.

Andreina si sedette sulla poltroncina accanto a quella di sua madre, le prese una mano e, accarezzandola, disse ancora: «Devo smetterla di fare la bambina abbandonata e tu, finalmente, devi fare qualcosa per te stessa. Vai, mammina, se è quello che desideri».

«In questa bellissima casa ho vissuto per anni con un uomo e una donna che si sono fatti del male a vicenda per paura di volersi bene. Due vite distrutte dall'incapacità di esternare i loro sentimenti. Lasciati andare, Andreina, vai incontro agli altri a cuore aperto. Non avere paura di soffrire, anche se hai già avuto la tua parte di dolore.»

Viviana guardò sua figlia con amore infinito, le accarezzò una guancia, le sorrise e proseguì: «Mi manca l'aria del mare, la sua infinita distesa di acqua, l'orizzonte senza confini. Torno al mio paese. Tu spicca il volo e vivi la tua vita».

A Natale, Andreina andò alla presentazione di una nuova casa editrice e, più tardi, l'editore, che era un suo amico, la invitò con alcuni critici letterari e giornalisti a una cena in un piccolo, prestigioso ristorante a Porta Vittoria.

Mangiarono benissimo e tutti vollero congratularsi con lo chef. Il cuoco pluristellato risultò essere l'affascinante proprietario del ristorante e, quando li raggiunse, sedette al loro tavolo. Si chiamava Marco Montagner, era di origine veneta, ma si era trasferito a Milano da ragazzo, crescendo alla scuola di un grande maestro, Gualtiero Marchesi.

Raccontando la sua passione per la cucina, citò alcuni grandi scrittori amanti del cibo, come Carlo Emilio Gadda e Alberto Savinio.

Andreina lo ascoltava rapita. Lui sembrò non essersi accorto di lei. Invece, il giorno dopo, le fece recapitare a casa una composizione di fiori e frutti natalizi, accompagnata da un messaggio che le esprimeva tutta la sua ammirazione. Andreina gli cadde tra le braccia.

6

«DOBBIAMO brindare alla prima volta di questa zitellina», esordì Gloria, rivolta a Carlotta e a Maria Sole, quando Andreina annunciò di avere saltato il fosso.

Era giovedì sera e le quattro giovani donne stavano cenando nel ristorante di piazza Novelli. Ad Andreina e Carlotta si era aggiunta Gloria, che era stata compagna di università di Andreina, e Maria Sole, che aveva fraternizzato con Carlotta, conosciuta in palestra.

Erano molto diverse l'una dall'altra, ma si piacevano ed erano diventate amiche inseparabili.

«Dobbiamo anche festeggiare l'ingresso di Carlotta in un importante studio legale in via Montenapoleone», disse Andreina, tendendo verso di lei il suo bicchiere di spumante.

«Ora sono un semplice avvocato, ma l'obiettivo è diventare associata», spiegò lei.

Alla signora Pia Mantovani, moglie del proprietario del ristorante, piacevano le quattro giovani donne. Si accostò al loro tavolo e disse: «Vorrei offrirvi un brut davvero notevole dei fratelli Berlucchi».

«Grazie, lei sa come viziare i suoi clienti», replicò Carlotta, e soggiunse: «Si unisca a noi, signora Pia».

«Con piacere. Allora, a che cosa brindiamo?» domandò.

«Prima di tutto alla dottoressa Andreina Romano», esordì Gloria con fare malizioso.

«Se dici perché, ti taglio il collo», intervenne l'interessata, minacciandola con un'occhiataccia.

La signora Pia sorrise e dichiarò: «Di qualunque cosa si tratti, mi congratulo con lei dottoressa Romano», e avvicinò la sua flûte a quella della festeggiata, imitata dalle tre amiche.

«E ora brindiamo all'avvocatessa Biffi per un importante successo professionale», annunciò Maria Sole.

«Sentite, mi sembra che ci sia davvero bisogno di un po' di privacy per voi. La saletta Ottocento è libera. Volete spostarvi lì?» propose la donna.

Da allora, la saletta privata diventò il loro luogo d'incontro settimanale.

Isolate nella piccola sala da pranzo, mentre gustavano un'insalata di ovuli condita con un filo d'olio, qualche goccia di limone e prezzemolo, le amiche subissarono Andreina con domande sullo chef.

«Avete preso delle precauzioni?» chiese Carlotta.

«Le ha prese lui, infilandosi un orribile profilattico», rispose Andreina arrossendo.

«Ci stai dicendo che non prendi la pillola?» domandò Gloria.

«Mia madre dice che nuoce alla salute», rispose.

«Effettivamente fa male. Se lei l'avesse usata, tu non saresti nata e non ti avremmo avuto come amica», scherzò Carlotta.

«Segnati subito sul cellulare il numero che ti detto. È quello della dottoressa Armanda Arrigoni. Domani telefoni alla clinica Macedonio Melloni e chiedi di fissare una prima visita con lei», tagliò corto Gloria.

«Certo che sei davvero imbranata. Intanto augurati che il profilattico abbia fatto il suo dovere, perché capita a volte che si buchi», interloquì Carlotta.

«Voi non siete mie amiche, siete delle terroriste», reagì Andreina e si scagliò su di loro strillando: «Non potevate dirmele prima queste cose?»

Carlotta si arrabbiò: «Come potevamo pensare che una laureata a pieni voti non avesse mai fatto una visita ginecologica e non avesse mai preso la pillola? Comunque, adesso smettiamola di drammatizzare. Sono sicura che non è successo niente, ma sbrigati a farti visitare dalla Arrigoni. La conosco bene ed è un bravo medico. Ma come è stata questa tua prima volta?»

Andreina ci pensò su e poi sussurrò quasi a se stessa: «Francamente, speravo in qualcosa di meglio. Però lui è stato molto gentile e premuroso. Devo dirvi anche che ha un gran bel fisico. È uno che lavora come un matto e trova anche il tempo per andare in palestra. Mi ha raccontato della sua ex moglie che gli dà il tormento, anche se si è sistemata con un nuovo compagno».

«Da come ne parli, non sembra un grande amore», osservò Maria Sole.

«Meglio così. Non lasciarti accecare dall'innamoramento, perché si rischiano grandi dolori», raccomandò Carlotta.

«Ma almeno lui ti piace?» s'incuriosì Gloria.

«Mi piace molto la sua cadenza veneta appena percettibile. È bello e molto spiritoso, è un patito di

Beethoven e della lirica e suona il pianoforte molto meglio di Richard Gere in *Pretty Woman*», scherzò.

«Mi dispiace di non averlo conosciuto prima di te», osservò Gloria.

«E il tuo Sergio?» chiese Carlotta, alludendo al fidanzato storico di Gloria.

«Lui è sempre il migliore», garantì lei.

Le loro cene settimanali erano più appaganti e liberatorie di cento sedute da uno psicanalista e, quando si salutavano per andare a casa, si sentivano leggere come piume.

Poi accadde che una sera Andreina invitò Marco Montagner, il suo amato chef, per una cena in casa sua.

«Ti proibisco di portare qualunque cosa. Stasera cucino le orecchiette come le fa mia madre, ti faccio anche il purè di fave e cicoria e, come dolce, avrai le cartellate e i porcedduzzi pugliesi, anzi leccesi, la cui ricetta è un segreto che viene tramandato nelle famiglie.»

Marco apprezzò il cibo, dichiarandosi orgoglioso di avere una compagna che, in cucina, possedeva il suo stesso talento e, dopo cena, le disse, guardandola teneramente: «Andreina, vorrei essere il primo e l'unico uomo della tua vita».

Tolse dalla tasca della giacca una scatolina di velluto rosso e gliela porse, sussurrando: «Ti amo, vuoi sposarmi?»

Andreina aprì l'astuccio che conteneva un bellissimo anello di diamanti. Si sentì mancare il terreno sotto i piedi. Impallidì, arrossì e poi balbettò: «Aiuto!»

7

Marco, sconcertato dalla reazione di Andreina, disse: «Non ho detto che dobbiamo sposarci subito. Ma sono convinto che tu possa essere la compagna della mia vita».

Andreina gli diede una carezza, gli sorrise e replicò: «Tesoro, siamo insieme da un anno solamente. Non credi che stiamo affrettando i tempi? Considera che hai già avuto una moglie con la quale stavi da quando eri ragazzo, eppure vi siete lasciati. E se ti sbagliassi un'altra volta?»

«Io sono molto innamorato di te», affermò lui. Erano nel salotto e lo stereo diffondeva le note della terza sinfonia di Beethoven.

Si alzò dal divano, la sollevò, prendendola tra le braccia, la strinse a sé e disse: «Domattina alle sette ho un volo per Tokyo, dove mi aspetta il mio amico Ayashi. Al ritorno, ti porterò un ventaglio antico e prezioso. So dove trovarlo. Ogni volta che lo aprirai, sentirai un fruscio d'aria che ti sussurrerà il mio amore per te».

Quando Andreina lo vide entrare nell'ascensore, non seppe se piangere di commozione o respirare di sollievo.

Il mattino, quando si svegliò, aveva una certezza: non era innamorata di lui e, quando fosse tornato, avrebbe dovuto chiamare a raccolta tutto il suo coraggio per dirglielo.

Quando Marco rientrò in Italia, lei era a Porto Cesareo da sua madre, che l'aveva chiamata due giorni prima per dirle: «Ho bisogno di vederti. Potresti passare il fine settimana con me?»

«Qualcosa non va?» si era allarmata la ragazza.

«Va tutto bene, stai tranquilla. Ti aspetto», era stata la sua risposta.

La villa di Porto Cesareo sembrò ad Andreina una dimora di lusso pronta per accogliere ospiti di riguardo.

«Scegli tu dove vuoi dormire. Abbiamo dieci suite, ognuna dedicata a un personaggio pugliese celebre: Rodolfo Valentino, Aldo Moro, Domenico Modugno e così via. Non ti sembra una bella idea?» le aveva chiesto Viviana.

«Ottima, ma per una volta, vorrei tornare a dormire con te, come quando ero bambina», rispose la ragazza abbracciandola.

Viviana aveva l'aria stanca e Andreina glielo disse.

«Ti stupisci? Ho lavorato tanto per ristrutturare la villa. Adesso andiamo sulla veranda e Adele ci servirà la cena. Vedrai il mare davanti a noi e il nostro sole che lo riscalda, mentre a Milano avete la nebbia e il gelo. Dimmi che ho fatto un buon lavoro», la sollecitò.

«Come sempre», garantì Andreina. «Ma non ti sei ancora decisa a dirmi perché hai voluto vedermi», soggiunse.

«C'è tempo», rispose lei.

A cena, mentre gustavano un piatto di crostacei freschi di giornata, Viviana disse: «Voglio sapere come sta il tuo cuoco».

«Mi ha chiesto di sposarlo.»

«Lo ami?»

«Mamma, quello che so dell'amore me l'hai insegnato tu, raccontandomi la tua storia d'amore con mio padre. Le tue parole mi sono entrate dentro il cuore, nell'anima, nelle viscere, creandomi l'attesa delle emozioni che avrei provato anch'io quando avessi incontrato l'uomo della mia vita. Non è così. Lui mi piace infinitamente, ma non ne sono innamorata.»

«Allora non sposarlo.»

«Dici davvero?»

«Con la mia benedizione. Hai visto che hai fatto bene a venire da me?»

Ora erano nel grande salone della villa, le pareti affrescate nello stile del barocco leccese. Sedevano davanti al camino acceso, il fuoco le riscaldava e il bagliore delle fiamme creava strani giochi di luci e di ombre. Adele servì il caffè e i cioccolatini.

«Ne hai fatta di strada, mamma. Tu saresti potuta diventare una grande manager, se avessi studiato.»

«Io sono diventata quello che volevo, ho fatto tutto quello che mi suggerivano la mente e l'istinto. Tu farai altrettanto. Ma ora andiamo a dormire, perché io sono stanca e lo sei anche tu», concluse Viviana.

Aveva riservato per sé un salotto e una camera da letto semplici ma eleganti, con una bella scrivania antica su cui campeggiava un computer di nuova generazione.

«Ho imparato a usare questa macchina infernale che si è rivelata molto utile. Hai una madre tecnologica che non semina più cartacce ovunque, perché ho scoperto che tutto quanto può stare dietro questo schermo e, se digiti la richiesta giusta, ottieni tutto quello che serve», spiegò con aria soddisfatta.

«Sei un portento», ammise Andreina.

«E non hai visto tutto. Domani scoprirai una stanza da cui, attraverso i computer, comandi tutta la casa: raffreddamento, riscaldamento, luci, serrature elettroniche, impianti d'allarme. Una meraviglia. Ma adesso andiamo a dormire.»

Quando furono sotto le coperte, una accanto all'altra, Viviana passò un braccio intorno alle spalle della figlia, come faceva quando Andreina era piccola. Al buio, la donna prese a parlare.

«Lo sai che avevo acquistato questa villa facendo un vero affare, per via degli eredi Palmieri che erano in lite tra loro. Adesso il mio bed&breakfast, dopo il restauro, ha un buon valore di mercato e lo vendo a una società che possiede una catena di resort di lusso. Così non soltanto pareggio le spese, ma ne ricavo anche un grosso guadagno.»

«Perché lo vendi? Vuoi tornare a Milano?» domandò sua figlia.

«Io parto, Andreina. Sarà un viaggio lungo, interminabile e sono sicura che non mi annoierò neppure questa volta.»

«Mamma, non ti capisco. Sei affaticata, lo si vede. Hai bisogno di riposare.»

«È quello che farò con un lungo viaggio di tutto riposo.»

«Puoi spiegarti meglio?»

«Sto morendo, bambina mia. Non sapevo come dirtelo.»

La ragazza si rizzò a sedere, accese la lampada sul comodino e rivolse alla madre uno sguardo colmo di dolore, senza riuscire a parlare. Poi sussurrò: «Da quando lo sai?»

«È un male vecchio di anni che non sapevo di avere, perché non dava segnali. Sono stata all'ospedale di Bari e, dopo tanti esami, hanno fatto la diagnosi. Non arriverò a Pasqua.»

«Chiedo un permesso dal lavoro e mi fermo qui, con te», disse Andreina con un filo di voce.

«Ti prego, non farlo, perché mi daresti un grande dolore. Ti aspetto per Natale. Non voglio pianti ma soltanto sorrisi e una raccomandazione: sentiti sempre libera di fare le tue scelte. Così, se sbaglierai, la colpa sarà soltanto tua e di nessun altro. Può sembrare un consiglio banale, ma scoprirai quanto sia importante.»

Andreina passò le vacanze di Natale con sua madre e, il giorno prima di ritornare a Milano, Viviana ebbe un collasso. Durante la notte si spense fra le braccia della figlia.

8

CARLOTTA, Gloria e Maria Sole partirono da Milano per presenziare alla cerimonia funebre, che fu officiata nella chiesa di Maria Assunta a Porto Cesareo.

Andreina era seduta accanto alle sue amiche e a Adele, la fedele domestica della mamma. Alle loro spalle presero posto i parenti. La chiesa era gremita di gente che aveva offerto corone di fiori, come se la defunta fosse stata una notabile del luogo e, nell'omelia tenuta da don Clemente, che aveva sostituito il vecchio parroco, ormai da tempo ospite in una casa di riposo per anziani, vennero esaltate le qualità di Viviana: «donna avveduta, generosa e lungimirante».

Negli ultimi anni trascorsi nel paese natale, Viviana aveva fatto erigere nel cimitero una cappella di famiglia, che la accolse nel suo lungo viaggio verso un nuovo mondo.

Tutti, nessuno escluso, porsero le condoglianze alla figlia della defunta, compresi i parenti, che furono particolarmente affettuosi.

Lei ricevette abbracci e strette di mano. Sapendo che la mamma aveva adeguatamente provveduto al futuro di Adele, quella stessa sera riprese un volo per Milano con le sue amiche.

Quando l'accompagnarono sotto casa, disse: «Ragazze, adesso lasciatemi sola, perché ho bisogno di raccogliere i pensieri. Grazie di tutto, voi siete la mia vera famiglia».

Andreina entrò nel suo appartamento. Andò in camera da letto. Sopra una consolle osservò una fotografia di lei bambina con Viviana appena ventenne. Scrutò a lungo quella ragazza giovane e bella, poi sussurrò: «Grazie di tutto, mamma».

Andò a letto e dormì profondamente per tutta la notte.

Lentamente, la sua vita riprese a fluire scandita dai ritmi usuali. A volte, il pensiero di quella madre, coraggiosa e vitale, si riaffacciava alla mente e le infondeva serenità.

In quel periodo Marco le fece sentire la sua presenza affettuosa, senza mai mostrarsi invadente. Quando sapeva che era troppo stanca per uscire, le faceva consegnare a casa uno scatolone termico con la cena pronta.

Di solito trascorrevano insieme la domenica, che era il giorno di chiusura del ristorante. Andavano a uno spettacolo, a una mostra o partivano alla scoperta dei piccoli paesi lombardi, e discutevano di tutto, senza mai annoiarsi. Erano bravissimi a stemperare i loro momenti di tensione. Il tempo passava e, giorno dopo giorno, scoprirono che ciò che contava tra loro era l'amicizia più che la relazione sentimentale. Infatti non parlarono mai più di matrimonio. Un giorno, Marco si fidanzò e si sposò con una giovane musicista.

Nel frattempo, Andreina aveva incontrato un nuovo partner. Si chiamava Rocco Fuscagni e la sua famiglia era proprietaria di un maglificio nelle Marche, nel quale lui lavorava. Realizzavano capi in maglia di cashmere e seta che venivano venduti nei negozi d'abbigliamento più esclusivi. Lei e Rocco, che si erano incontrati per caso durante la settimana della moda milanese, si erano subito sentiti in sintonia e, dopo qualche tempo dal loro primo incontro, si ritrovarono per caso a Firenze, dove i Fuscagni avevano una casa in viale Michelangelo. Lì trascorsero la loro prima notte d'amore e, per molti mesi, facendo lo slalom tra gli impegni dell'uno e dell'altra, riuscivano a stare insieme, ogni volta facendo scintille. Tanto che lui volle presentarla alla sua famiglia e lei gli fece conoscere le sue amiche.

Fu la madre di Rocco, una volta, a dire: «Che cosa aspettate voi due a sposarvi?»

Erano stati entrambi spiazzati da quella domanda e, quando rimasero soli, Andreina disse: «Dovremmo davvero rinunciare ai nostri incontri sporadici, così scintillanti?»

«Andreina, io sono troppo egoista per affrontare una vita di coppia», aveva confessato Rocco, con candore.

«A chi lo dici! Neppure io me la sento di complicare un rapporto così felice», aveva replicato lei.

Una volta, le quattro amiche decisero di trascorrere una settimana di vacanza invernale sui monti del Tirolo, lasciando a casa i loro fidanzati.

Maria Sole disse: «Non so se ve ne rendete conto, ma questa sarà la mia ultima settimana di libertà. Il mese prossimo sarò una donna sposata, per la felicità dei miei genitori e dei suoceri».

«E non sei contenta?» domandarono in coro le sue amiche.

«Sì. Boh. Ma. Non so», rispose lei.

«Allora sei proprio scema», sbottò Carlotta e proseguì: «Perché sposarsi se non ne sei convinta?»

«Perché siamo fidanzati da quando andavamo all'asilo insieme.»

«Conosciamo la storia», intervenne Gloria. «Però solo due scemi come te e Mariano possono accettare di assecondare i programmi che le vostre famiglie hanno deciso per voi», soggiunse.

«Il fatto è che anche a noi sta bene così. Del resto, voi avete una vita di lavoro che vi tiene occupate. Io non ho mai lavorato, non so fare niente tranne montare a cavallo, giocare a golf e a tennis, organizzare pranzi benefici, fare la damigella ai matrimoni delle mie amiche e andare in giro con mamma e suocera a fare shopping. Dunque, va bene così», ragionò lei.

«Contenta tu...» brontolò Andreina.

Erano reduci da una mattinata sulle piste da sci e ora prendevano il sole, mollemente abbandonate sulle sdraio del terrazzo del loro albergo, sorseggiando un bicchiere di Sylvaner, un bianco dei vigneti tirolesi, in attesa dell'ora di pranzo.

«Contenta o no, adesso dobbiamo farlo, perché aspetto un bambino», confessò Maria Sole.

«E non ci avevi detto niente!» si scandalizzò Carlotta.

«Ho taciuto perché vi conosco. Avreste cominciato a spaccare il capello in quattro e non capite che tutto sta andando come era stato pianificato fin da quando eravamo ragazzi. Quindi risparmiatemi i vostri commenti sarcastici», replicò Maria Sole con l'aria imbronciata.

A quel punto, tutte festeggiarono la notizia e si congratularono con l'amica. Dichiararono che sarebbero diventate le zie trasgressive del nascituro e si lasciarono convincere a fare le damigelle d'onore al matrimonio imminente.

Maria Sole, dopo le nozze celebrate nella piccola chiesa di Barlassina, partì con il neo-marito per una lunga luna di miele nelle isole dei Mari del Sud.

Diventata moglie, aspettava con ansia le cene del giovedì per ritrovarsi con le amiche e sentirsi di nuovo libera, mentre il suo pancione cresceva a vista d'occhio.

Quando arrivò il momento del travaglio, in piena notte, poiché Mariano era all'estero per lavoro, invece di chiedere aiuto alla madre o alla suocera, telefonò a Carlotta.

Furono le amiche a tenerle la mano mentre Maria Sole veniva portata urlante in sala parto e, munite di camici e mascherine, dopo alcune ore di travaglio assistettero alla nascita di un maschietto che urlava rosso di collera per aver dovuto lasciare il grembo materno così avvolgente e sicuro.

Poi accadde che, un giorno, Rocco confessò ad Andreina di averla tradita.

Lei si stupì di non sentirsi ferita, ma non glielo disse. Invece, colse l'occasione per chiudere il rapporto sentimentale e trasformarlo in una amicizia sincera.

Gli ex innamorati erano diventati i suoi migliori amici.

Viveva serenamente la sua condizione di donna single impegnata nel lavoro, senza preoccuparsi per il futuro.

Le sembrava che la sua vita scorresse come un fiume placido, quando seppe che sarebbe dovuta andare a Londra, a metà settembre, per un corso di aggiornamento di due settimane.

9

Andreina aveva ancora due settimane di ferie, così alla trasferta di lavoro a Londra unì una vacanza di tutto riposo nel Regno Unito e scelse una cittadina del Kent, Margate, sulla costa sudorientale. Prenotò una stanza al *Sands*, una residenza rinnovata di recente.

Aveva pensato di noleggiare un'auto all'aeroporto di Londra ma, all'ultimo momento, decise di prendere un taxi per Margate, dove sarebbe rimasta fino al momento in cui sarebbe partita per il corso di aggiornamento nella capitale britannica.

Arrivò in albergo in un pomeriggio di pioggia e vento, si fece servire un piatto freddo in camera, si rintanò nel letto, accese il televisore e seguì un notiziario meteo che, per il giorno seguente, annunciava un sole splendente.

Il mattino dopo scese a fare colazione optando per un *continental breakfast* e poi uscì.

Si avviò verso la spiaggia, illuminata da un cielo sconfinato solcato dai voli dei gabbiani. Qua e là passeggiavano persone in compagnia dei loro cani. Il rumore del mare, che le era familiare, le trasmise un senso di quiete. Camminò di buon passo fino al porticciolo dov'erano ancorate piccole barche. Individuò un pub con i tavolini all'aperto e pochi avventori, così poté scegliere una postazione protetta dal vento. Ordinò al cameriere un tè nero.

Mentre aspettava di essere servita, chiuse gli occhi e immaginò di essere una piuma che volteggiava nell'aria, incerta se posarsi da qualche parte o continuare a fluttuare liberamente. Da qualche parte dovrò pure posarmi, pensò, ma dove? La piuma non ha un'ancora e, quand'anche l'avesse, quale sarà il suo approdo?

Aprì gli occhi e, per la prima volta, analizzò la sua vita affettiva che, dalla morte della madre, si limitava alle amiche e ai pochi amici.

«Se soltanto riuscissi a innamorarmi», sospirò quasi con dolore, perché era incapace di abbandonarsi a un sentimento con tutta se stessa.

Osservò i pochi turisti coraggiosi in costume da

bagno che giocavano a rincorrersi sulla spiaggia, mentre alcuni tentavano di affrontare le onde entrando in acqua, per poi fuggire di nuovo verso la spiaggia, rabbrividendo per il freddo.

Poi vide una barca, che beccheggiava a una cinquantina di metri dalla riva, e c'era un uomo che, con un solo remo, tentava di governarla. Con la mano libera reggeva un barattolo di metallo lucente che, colpito dai raggi del sole, riverberava bagliori. A un certo punto, l'uomo mollò il remo, si levò in piedi e, attento a non perdere l'equilibrio, aprì la scatola e la reclinò lentamente sporgendosi sull'acqua fino a capovolgerla completamente. Allora Andreina vide un pulviscolo scuro che il vento fece vorticare verso il mare aperto. L'uomo stette immobile a guardare quella polvere, poi si chinò e riempì la scatola di acqua, la richiuse e la scagliò lontano. Lentamente, afferrò entrambi i remi e prese a vogare verso la riva. Arrivò al porticciolo, legò la barca a un attracco e, dopo aver calzato i sandali, scese sul molo e lo percorse per intero fino al pub. Andreina lo osservò incuriosita.

Era un bell'uomo giovane, con i capelli castani, il viso abbronzato e i lineamenti volitivi. Indossava bermuda scuri e un maglione di lana azzurro. Si inoltrò fra i tavoli e sedette a pochi metri da lei.

Si rivolse al cameriere parlandogli in inglese, con accento americano, e gli ordinò una bottiglia di champagne.

«Mi dispiace, signore. Abbiamo soltanto spumante italiano», si scusò l'altro.

«Va bene anche quello», rispose l'uomo.

Aspettando di essere servito, fissava il mare con uno sguardo assorto che escludeva il resto del mondo.

Il cameriere si offrì di aprire la bottiglia, ma lui disse che avrebbe fatto da solo. Lasciò passare alcuni minuti prima di stapparla, poi versò un assaggio nel bicchiere, lo tese verso il mare, infine lo accostò alle labbra e bevve un piccolo sorso di vino. Lasciò il denaro e la bottiglia sul tavolo, si alzò e andò via.

Ha brindato al mare, dedusse Andreina, osservandolo mentre si allontanava, sempre più incuriosita dal comportamento dello sconosciuto.

Lasciò il pub e, poiché il vento andava calando e il sole finalmente faceva sentire il suo tepore, decise di andare in città e fare un giro per le vie del centro storico.

L'americano in bermuda e maglione azzurro sedeva sulla scalinata del porticciolo e continuava a fissare il mare con un'espressione assorta.

Andreina decise di sederglisi accanto e, come lui,

prese a guardare il mare. Allora l'americano si accorse della sua presenza e la salutò: «*Good Morning*».

Andreina gli sorrise e replicò: «Buongiorno. Poco fa, al pub, l'ho vista bere del vino come se facesse un brindisi al mare. La osservavo da quando, in barca, aveva affidato all'acqua il contenuto di una piccola scatola metallica. Mi scusi, so bene che la cosa non mi riguarda, ma mi ha incuriosita».

Anche lui sorrise, schiudendo le labbra su una fila di denti bianchissimi, e disse: «Ho affidato le ceneri di mio nonno al suo mare. E l'ho salutato con un brindisi, come lui mi aveva chiesto di fare».

«Suo nonno viveva in questa contea?»

«Ci era solamente nato. Aveva sei anni quando suo padre emigrò con la famiglia negli Stati Uniti, perché, agli inizi del Novecento, qui si pativa la fame.»

«Anche in Italia in quegli anni c'era tanta miseria e molte persone sono andate in America in cerca di una vita migliore. Lei quindi è venuto in Inghilterra con le ceneri del nonno», ragionò Andreina, pensando che il defunto aveva preteso un funerale piuttosto costoso. E soggiunse: «Allora lei è inglese d'origine. Io sono italiana e sono nata in un paese sul mare».

L'uomo si levò in piedi, imitato da lei, e disse: «Mi

chiamo Bill». Andreina rispose: «Io sono Andreina», e gli tese la mano, che lui strinse sorridendo.

«*Hallo, Andreina*», la salutò.

«*Hallo, Bill*», disse lei.

«Stavo pensando di fare un giro in città alla ricerca dei luoghi di cui mi parlava il nonno. Mi sembra di capire che tu sia qui in vacanza. Vuoi accompagnarmi?»

In piedi, uno di fronte all'altra, si guardarono negli occhi. In modo del tutto irrazionale, Andreina seppe che, se Bill le avesse chiesto di seguirlo in un giro intorno al mondo, lei avrebbe accettato.

Camminando, fianco a fianco, per le antiche stradine del centro, lui le raccontò che, un secolo prima, Margate era soltanto una piccola località di villeggiatura dei londinesi, come tutte le cittadine lungo la costa sudorientale del Kent, ma vantava un teatro di lunga tradizione, il Theatre Royal. Andarono insieme alla scoperta delle antiche dimore vittoriane, curiosarono tra le botteghe degli antiquari, consumarono un pranzo a base di scampi, mentre si raccontavano le loro esperienze di vita con parole leggere, soffuse di un lieve senso dello humor che li caratterizzava. Fu così che scoprirono di lavorare entrambi per la Tulip. E quando, camminando, Andreina incespicò contro una pietra sconnessa della via e rischiò di cadere, lui la afferrò e si ritrovarono abbracciati. Bill la baciò d'impulso e Andreina si abbandonò fra le sue braccia.

«Forse non dovremmo...» sussurrarono all'unisono.

«Però io ho voglia di baciarti ancora», disse lui.

«Che cosa aspetti?» domandò lei.

«Sono felicemente sposato», confessò lui.

«Sono felicemente single», rispose lei.

Tornarono a baciarsi, dimenticando il resto del mondo, perché in quel momento esistevano solamente loro due e il desiderio dell'uno per l'altra.

Oggi

1

DOPO l'incontro con la ginecologa, Andreina sapeva di avere una settimana di tempo per decidere della sua gravidanza. La decisione diventava più difficile con l'arrivo di Bill, che non aveva idea di averla messa incinta.

Era impossibile pensare di evitare l'incontro, perché Bill era un importante dirigente dell'azienda per la quale lavorava. A questo punto sentiva davvero il bisogno di un confronto approfondito con la famiglia di sostegno: le sue amiche.

Le avrebbe convocate a una a una per poterle avere tutte insieme a casa sua quella stessa sera, visto che Bill sarebbe arrivato a Milano il giorno seguente.

Chiamò per prima Carlotta, la voce della concretezza.

«Ho un impegno con mia sorella, ma lo rimando senza problemi», la rassicurò l'avvocatessa. E soggiunse: «Non preoccuparti di chiamare le altre, ci penso io. Comunque, non cucinare niente, perché portiamo noi qualcosa di pronto».

Aspettando le amiche, Andreina riempì il tempo finendo di decorare l'albero di Natale nel soggiorno. Poi apparecchiò la tavola, controllò la riserva dei vini e infine si rintanò in salotto a sfogliare i giornali, sentendosi quasi una paziente nella sala d'attesa del medico. Quando sentì gracchiare il citofono, corse ad aprire il portone e poi spalancò la porta di casa mettendosi sul pianerottolo in attesa dell'ascensore.

Alle spalle di Carlotta non c'erano le altre, ma Marco Montagner, che reggeva un contenitore di poliestere con la loro cena.

Lo guardò perplessa e lui la tranquillizzò spiegando: «Ti lascio tutto in cucina e me ne vado, anche perché stasera ho il ristorante al completo. Carlotta mi ha chiesto una cena particolare a base di astice e, quando Carlotta chiede, io eseguo», scherzò.

«Tu sei amico suo o mio?» domandò lei, facendoli entrare in casa.

«Tuo, per sempre, Andreina. Anche se, di recente...»

disse Marco, senza concludere la frase, ma rivolgendo all'avvocatessa uno sguardo di complicità.

«Questa poi...» sbottò Andreina, indecisa se scandalizzarsi o ridere.

«Sei il solito scemo!» inveì Carlotta e soggiunse, rivolta a Marco: «Diglielo che stai scherzando».

Lui sorrise e disse: «Confermo che ho scherzato». Poi si fece serio e spiegò: «So che sei un po' depressa e volevo risollevarti il morale». Chinò il viso a sfiorarle la guancia con un bacio e schizzò via.

Andreina si sentì rincuorata dal calore dei suoi amici. Pochi minuti dopo arrivarono Gloria e Maria Sole.

La tavola apparecchiata accanto all'albero di Natale comunicava a tutte loro un senso di allegria e Andreina si rasserenò.

Scoperchiarono le guantiere, da cui si diffuse il profumo dell'antipasto di mare, dei tagliolini all'astice, del filetto di Sanpietro in crosta e, per concludere, c'era anche un dolce al cucchiaio da cui grondavano rivoli di cioccolata calda.

Assaggiarono poco di tutto e riposero nel frigorifero quello che restava. Poi, quando Andreina servì quattro tazze di tisane fumanti, si sedettero nel salotto e lei riassunse le considerazioni che aveva elaborato nel corso della giornata.

«Così Bill arriverà domani. So che ha informato l'azienda del suo viaggio a Milano per potersi fermare qui alcuni giorni dividendosi fra me e il lavoro», esordì.

«Ed è colpa tua, perché gli hai scritto che lui ti manca», infierì Gloria.

«Non dovevo, lo so, ma l'ho fatto. Del resto, avrei potuto evitare di cadergli fra le braccia quando ci siamo conosciuti e lui, onestamente, mi aveva detto che era sposato. Ma chi se lo immaginava che mi sarei innamorata?»

«L'amore è una fregatura alla quale nessuno può sfuggire. Io sono stata innamorata persa di Sergio per vent'anni e, adesso che mi ha incastrata, incomincio a detestarlo.»

«La convivenza uccide l'amore. E posso ben dirvelo io che ho amato Mariano fin da quando ero bambina. Che senso ha la mia vita fra tettarelle, pannolini e un marito che mi guarda senza vedermi? Avessi almeno un lavoro, come lo avete voi, fuori di casa potrei ricaricare le batterie. Ma non so fare niente, perché non ho lavorato un solo giorno della mia vita, se escludo il ruolo di venditrice per le fiere benefiche», si lamentò Maria Sole.

«Per favore, vogliamo parlare del mio problema?» si intromise Andreina.

«Il tuo problema è presto risolto. Lui arriva da te, vi fate alcuni giorni di scopate forsennate e, a quel punto, può anche darsi che tu lo veda sotto un'altra luce e l'innamoramento svanisca. Gli taci la tua gravidanza e finalmente si chiude questo tormentone», concluse Carlotta lasciando prevalere il suo senso pratico.

«So che non sarà così e che finirò per dirgli tutto», obiettò Andreina.

«A quel punto potrebbe accadere che lui, da bastardo, si prenda una grande strizza e scappi a gambe levate», insinuò Gloria.

«Non mi sei d'aiuto», si stizzì Andreina.

«Scusami, sto cercando una scappatoia, anche se capisco che sei incasinata fino ai capelli.»

«Grazie per la comprensione. Allora, mi dite che cosa pensate che debba fare?»

Maria Sole osservò: «Perché devi portare tu sola il peso di questa situazione che avete creato in due? Visto che tu non vuoi abortire, perché altrimenti l'avresti già fatto, che si prenda la sua parte di responsabilità».

A quel punto, Andreina vide, come in una veloce sequenza cinematografica, una successione di eventi che partivano dal divorzio di Bill dalla moglie con tutta una sequela di problemi legali e lavorativi. Immaginò le nozze senza gioia unicamente in vista della nascita del figlio e la conseguente vita a due, il rimorso di lui per aver abbandonato le figlie e quello di lei per aver distrutto una famiglia e rabbrividì.

«Ha ragione Carlotta. Vivrò con lui due giorni felici e ignorerò di essere incinta. Quello che accadrà dopo, non lo so», affermò con piglio deciso.

«Però, ricorda le parole di tua madre: non mettere al mondo un figlio senza avere un marito», disse Gloria.

«Mia madre è vissuta in tempi molto diversi. Intanto, nessuno oggi mi metterebbe in croce per essere una ragazza madre, e poi ho una situazione economica piuttosto vantaggiosa e non sarei costretta ad abbandonare un figlio in mani estranee. Infine, per dirla tutta, sono stremata dai vostri interrogativi e ho deciso di affidarmi al caso. Però è stato utile parlare con voi e di questo vi sono grata», concluse Andreina.

«Tesoro, gli innamorati vanno e vengono, ma le amiche ti restano attaccate per tutta la vita, nella buona e nella cattiva sorte», sentenziò Maria Sole.

«Un giorno dovremo trovare il tempo per parlare un po' anche di me. Dovete aiutarmi a trovare casa, perché con Sergio non ci voglio più stare dopo il regalo del Bimby per il mio compleanno», sbottò Gloria, suscitando l'ilarità delle amiche.

2

Per l'incontro con le amiche, Maria Sole aveva chiesto alla madre di occuparsi del piccolo Michele per un paio d'ore.

Inaspettatamente, il marito le aveva detto: «Mi occupo io del bambino».

Accadeva raramente che lui le offrisse la sua collaborazione. Più spesso le ripeteva: «Perché ti ostini a non volere una *nurse*?»

Nel grande appartamento di via Leopardi in cui vivevano, che era stato regalato dai genitori di Maria Sole alla figlia, c'era una camera per una bambinaia, ma lei aveva detto: «Sarà per quando aumenterà la prole. Io non lavoro, voglio almeno accudire mio figlio e so che ci sono le nonne pronte a farsene carico quando ne ho bisogno».

A sorpresa, quindi, quella sera era stato Mariano a occuparsi del bambino. Così, quando rincasò, Maria Sole andò subito nella zona notte per vedere come se la cavavano tutti e due. Senza accendere la luce, si affacciò sulla camera del piccolo: Michele dormiva tranquillo. Sapeva che da lì a poco si sarebbe svegliato per reclamare la poppata notturna. Quindi, entrò nella sua camera da letto, attenta a non fare rumore, per paura di svegliare Mariano. Ma il letto era intatto, il marito non si era ancora coricato. Allora si addentrò nella zona giorno. Dal salotto veniva il suono ovattato di una sinfonia classica e, alla luce fioca di una lampada, vide il marito sdraiato sul divano. Pensò che si fosse addormentato anche lui e stava per allontanarsi in punta di piedi, quando lo sentì parlare al telefono. Stava dicendo: «Anche tu mi sei mancata, sciocchina, ma ci rifaremo la prossima settimana... Sì, ascolto un po' di musica, aspettando che torni mia moglie... come me, anche lei, qualche volta, ha bisogno dei suoi spazi». Un lungo istante di silenzio e poi Mariano riprese a sussurrare: «Sei una troietta! Tu sai come farmi sentire un uomo! Se potessi, mi fionderei da te...»

Mariano non finì la frase, perché sua moglie, che fino a quel momento aveva ascoltato inorridita i suoi sussurri, accese la luce e fece irruzione nel salotto. Gli strappò di mano il cellulare e gridò: «Le tue oscenità finiscono qui, almeno per il tempo che impiegherò a buttarti fuori di casa».

Scagliò lontano il cellulare e, a Mariano, che la guardava stralunato, disse: «Ti do dieci minuti per raccogliere i tuoi stracci e lasciare per sempre la mia casa».

L'uomo sembrava non avere la forza di alzarsi dal divano, dove giaceva immobile, senza parlare.

In quei pochi istanti, Maria Sole aveva ripercorso tutta la sua vita di brava ragazza di buona famiglia e di moglie affettuosa e paziente.

La sola parentesi di evasione era rappresentata dagli incontri con le amiche del cuore, che guardava con ammirazione per la loro autonomia dai rispettivi compagni.

Si rendeva conto che il suo contesto famigliare e sociale era totalmente diverso dal loro, che si erano costruite la vita lavorando e conquistando così una libertà che lei non aveva.

Lei era stata una figlia docile, si era mossa secondo le linee tracciate dalla famiglia, aveva seguito le scelte dei suoi genitori e la sola trasgressione era stata quella di concepire il piccolo Michele prima delle nozze, per poi diventare una moglie fedele e una madre amorevole.

Le sembrava, talvolta, che Mariano fosse un marito assente. Anche quando non lavorava, la lasciava spesso sola a lottare con pappe, biberon e pannolini.

Poi pensava a suo padre, che aveva avuto lo stesso comportamento e sua madre sembrava trovarsi benissimo nei panni di vestale della famiglia, e lei aveva seguito il suo esempio. Poi, c'erano le cene con gli amici, le vacanze in Sardegna o in montagna, i sabati al golf club, i coinvolgimenti nelle iniziative benefiche.

Ma nel rapporto con il suo compagno non c'era mai stata la passione che travolgeva le sue amiche, facendole gioire o soffrire.

La sua vita era un mare placido che la cullava e la rassicurava. Anche se, pur senza ammetterlo, non era pienamente soddisfatta del rapporto con il marito.

Ora, all'improvviso, aveva scoperto un tradimento di cui non aveva mai avuto sentore. E in pochi istanti il mare placido era stato scosso da una paurosa tempesta.

Mariano non si muoveva dal divano, allora Maria Sole sfogò la sua rabbia contro di lui e contro se stessa urlando: «Sparisci dalla mia vista per sempre».

Dal fondo dell'appartamento arrivò il pianto disperato del bambino.

Il marito si alzò in piedi di scatto e supplicò: «Non urlare, per favore. Michele si è spaventato».

«Tu devi uscire immediatamente da casa mia!» gli ingiunse lei, urlando ancora più forte.

Lui era in pigiama e vestaglia. Non tentò neppure di replicare, limitandosi a dire: «Dammi almeno il tempo di vestirmi».

Lei ignorò il pianto del bambino, entrò nello spogliatoio, afferrò gli indumenti di Mariano e li scagliò per terra.

«Fuori! Se non esci immediatamente chiamo la polizia», gridò.

Mariano, terrorizzato, il viso contratto dal dolore e dalla vergogna, infilò velocemente gli abiti e se ne andò senza avere il coraggio di dire nemmeno una parola. Maria Sole andò in bagno, si sciacquò il viso, versò in un bicchiere d'acqua alcune gocce di valeriana, bevve quasi con avidità, si ricompose ed entrò nella cameretta del figlio. Si chinò sulla sua culla e, parlando con dolcezza, prese il piccolo tra le braccia.

«Perdonami, amore mio. Sei vissuto da sempre in un mondo ovattato e questa sera tua madre ha dato i numeri. Ti prometto solennemente che non accadrà mai più, piccolino», sussurrò, cominciando a ninnarlo, mentre andava in cucina a prelevare dal frigorifero il biberon. Lo infilò nello scalda latte e poi disse: «Adesso la mamma ti cambia e poi ti dà la pappa. Sei il mio tesoro, piccino».

Michele, un bel batuffolo di cinque mesi, bevve con avidità il latte e fece il ruttino gorgogliando saliva perché stava mettendo i primi denti. Poi si addormentò. Allora la sua mamma decise di tenerlo accanto a sé, nel lettone che, fino a quella sera, aveva diviso con Mariano. Disattivò il telefono di casa e il cellulare. Si coricò e, cullata dal respiro quieto del figlio, ripensò alla sua vita con il marito, chiedendosi come avesse potuto non accorgersi della sua infedeltà.

L'aveva inorridita non solo il tradimento, ma anche la volgarità di un linguaggio che Mariano non aveva mai usato. Quand'erano bambini, lui era stato il suo paladino. Negli anni dell'adolescenza, pur prendendo le distanze l'uno dall'altra, lui non la perdeva mai di vista e, all'occorrenza, con l'aria un po' annoiata del fratello maggiore, la soccorreva, brontolando: «Sei proprio un'imbranata».

Da ragazzi si erano dati il primo bacio. Dopo la maturità, lui le aveva detto: «Se guardo lontano, non mi vedo nei panni di marito e di padre. Ma se mai dovessi sposarmi, accetterei d'avere accanto una sola donna: te». Quella era stata la sua dichiarazione d'amore. Mentre lui frequentava l'università e lei faceva la signorina di buona famiglia, sul modello della madre e della nonna, avevano cominciato a fare l'amore sentendosi molto impacciati e, comunque, c'erano volute tante pressioni da parte delle famiglie perché decidessero di sposarsi.

Lui era sempre educatissimo, poco invadente, spesso assente. A lei andava bene così. Poi, all'improvviso, quei sussurri osceni che continuavano a martellarle in testa.

3

QUELLA stessa sera, uscendo dalla casa di Andreina, Carlotta domandò a Gloria: «Sei veramente decisa a prendere le distanze da Sergio?»

«Ha bisogno di uno scrollone, altrimenti coltiverà sempre più la pessima abitudine di considerarmi come un bene acquisito e ormai scontato», ragionò Gloria.

«E allora, prenditi la classica pausa di riflessione, così capirai se vale davvero la pena di buttare alle ortiche una storia durata vent'anni», le suggerì Carlotta.

«Quale pausa, se devo dividere la casa con lui? Non avrei mai dovuto essere così stupida da vendere il mio appartamento. Senti che freddo! Sto gelando. Fammi andare», tagliò corto Gloria.

«Vuoi venire da me, per qualche giorno? Lo spazio c'è, lo sai», propose l'avvocatessa.

«Grazie, amica mia. Però, prima di lasciarlo, devo dirgli quello che penso», rispose, aprendo la portiera della sua auto.

Carlotta sorrise e le raccomandò: «Abbi cura di te».

«È quello che sto facendo», garantì lei.

Si sedette al posto di guida, ingranò la marcia e partì a tutta velocità.

Gloria abitava in via della Sila, una traversa tranquilla di via Vallazze, costellata da villette dei primi del Novecento contornate da giardini.

Parcheggiò l'auto nello spazio riservato ai residenti, nel momento in cui Sergio scendeva dalla sua macchina.

«Rientri adesso dal lavoro?» gli domandò lei, osservando, alla luce del lampione, il viso stanco del suo compagno.

Sergio aveva ereditato dal padre una piccola azienda che produceva fuochi artificiali e nelle settimane che precedevano il Natale aveva molto lavoro.

«Non immagini la quantità di merce che abbiamo spedito anche oggi. Diciamo tanto dei napoletani che impazziscono per i fuochi artificiali e non hai idea di quanti ne consumino gli svizzeri e i tedeschi. Tutto bene, naturalmente, ma sono stravolto», spiegò lui, mentre apriva il cancello che dava sul giardino prospiciente l'abitazione. Gloria disattivò l'impianto di allarme e Sergio aprì il portone della villetta.

«Hai mangiato?» gli domandò lei.

«Speravo di trovare qualcosa di pronto. Hai preparato qualcosa?»

Si liberarono dei cappotti e lui alzò il termostato del riscaldamento che, durante la giornata, tenevano al minimo perché nessuno dei due rincasava mai prima di sera.

Gloria, che gestiva un'agenzia di eventi e pubbliche relazioni, era altrettanto stanca e l'osservazione del compagno l'irritò.

«Magari potrei farti la stessa domanda, visto che anch'io lavoro quanto te», rispose.

Mentre lui stava per avviarsi verso il bagno, lei lo superò ed entrò per prima, chiudendosi la porta alle spalle.

Lo sentì allontanarsi brontolando parole incomprensibili.

Quando entrò in cucina, Sergio aveva messo sul tavolo una pastiera napoletana, dono natalizio di un suo operaio che aveva i parenti al Sud e che, ogni anno, faceva avere a Sergio i prodotti artigianali della sua terra. Intanto, su un fornello della cucina a gas, aveva messo a scaldare del latte.

«Il frigorifero piange, così possiamo farci un latte caldo con il dolce», propose lui, conciliante.

Gloria prelevò da un armadio una scodella e un cucchiaio e li posò sul tavolo davanti a lui, dicendo: «Grazie, ma io ho già cenato con le ragazze».

«Ancora? Non le avevi già viste ieri sera?»

«L'ex fidanzato di Andreina, Marco Montagner...»

«Il cuoco, ce l'ho ben presente. Un bel tipo molto simpatico. Me lo hai presentato quando c'è stato il pranzo per il battesimo del figlio», la interruppe lui, mentre versava nella tazza il latte bollente.

«Andreina ci ha invitato a cena per gustare le squisitezze cucinate dallo chef stellato.»

«Che noia questi chef stellati! Un sano piatto di spaghetti al pomodoro non usa più?»

Lei, sedendo di fronte al compagno, rispose: «Sono d'accordo. Proprio per questo mi sono domandata perché mai tu mi abbia regalato il Bimby, visto che entrambi siamo in grado di cucinare un piatto di pasta».

Lui si tagliò una fetta di torta, bevve una sorsata di latte, si pulì le labbra con il tovagliolo e disse: «Mi sono reso conto di aver scelto un regalo sbagliato e ti chiedo scusa. Mi farò perdonare alla prossima occasione».

«Magari con un aspirapolvere a batteria, di ultima generazione, o un paio di pantofoline di prezioso cashmere?» chiese lei con tono sarcastico.

Lui reagì seccato: «Che senso avrebbe avuto regalarti l'ennesimo gioiello, che non indossi mai, oppure una vacanza natalizia esotica, visto che abbiamo già fatto tanti viaggi in questi anni e il nostro mare, in inverno, è lì che ci aspetta?»

«Magari in qualche residence di Sanremo dove i vecchietti benestanti si ritirano prima di morire», insistette Gloria, senza recedere dalla sua posizione d'attacco.

«Tu sei matta da legare. Ti rendi conto che stiamo litigando per un Bimby? Io ho quarantacinque anni, ho lavorato tutto il giorno, sono stanco morto e, rincasando, invece di trovare un po' di pace, devo discutere con una quarantenne che fa la ragazzina immatura. Che cosa vuoi da me?»

Gloria si alzò di scatto: «Vorrei piuttosto sapere che cosa ti aspetti tu da me. Stavamo così bene quando ci vedevamo un paio di volte la settimana. Dove sono finite le nostre cenette romantiche, il piacere di andare a un concerto o al cinema insieme, le fughe nei fine settimana e poi ciascuno tornava a casa propria? Ma tu hai insistito, fino a quando mi hai convinta a vivere con te. Ripetevi: vuoi mettere il piacere di stare vicini notte dopo notte? Liberati del tuo vecchio appartamento che ti costa tanti soldi e vieni da me dove c'è spazio da vendere! Mi hai preso per stanchezza e questo è il risultato».

«Tu lavori troppo e sei stressata quanto me. Smetti di lavorare e assumi il ruolo che ti compete, quello della signora benestante. Sai quante donne vorrebbero essere nella tua condizione? Sei una privilegiata e non te ne rendi conto.»

Lei gli rivolse un sorriso feroce e replicò: «Bravo! Non ti è bastato che vendessi la casa, adesso dovrei anche smettere di lavorare! Perché non ti rendi conto che tu stai invecchiando e vuoi avere in casa la crocerossina votata al riposo del guerriero? Ti illudi davvero che rinunci alla mia vita per te? Come molti uomini sei un egoista, ma non credevo che fossi unicamente concentrato sui tuoi bisogni. La nostra convivenza finisce qui».

Sergio si rese conto di avere passato il segno e chinò la testa sussurrando: «Scusami».

Poi le andò vicino, le accarezzò i capelli e disse: «Ho esagerato per davvero. Il fatto è che sto invecchiando e, a volte, ti guardo e vedo che tu sei rimasta la bella ragazza di vent'anni fa. Inoltre, in questo periodo di crisi, io faccio fatica a far quadrare i bilanci della mia ditta, invece il tuo lavoro va benissimo».

«Posso anche capirti...»

Sergio la interruppe: «Vuoi davvero buttar via vent'anni d'amore?»

«Lo stai facendo tu, da quando viviamo insieme. A questo punto penso che sia tu sia io abbiamo bisogno di una pausa di riflessione.»

«Hai usato una brutta espressione che, di solito, prelude alla fine di un rapporto», osservò lui, tristemente.

«Dipenderà da te. Per ora, io ti lascio.»

«E dove vai?» si allarmò Sergio.

«Te lo dirò non appena mi sarò sistemata. Ora sono stanca e vado a dormire nella mansarda», decise Gloria e proseguì: «Sergio, non mi sono mai sentita così sola come da quando vivo con te. Il Bimby è soltanto la goccia che ha fatto traboccare il vaso».

4

QUELLA sera, dopo aver lasciato le amiche, Carlotta si rifugiò nella sua casa confortevole e silenziosa.

L'arrivo del Natale e della fine di un altro anno si traducevano in lunghi momenti di riflessioni non sempre liete.

Da donna concreta, che sapeva analizzarsi con una spietata lente di ingrandimento, elaborava un bilancio della sua vita e, in particolare, dell'anno che stava per concludersi. Mentre era immersa nella vasca da bagno, in cui aveva sciolto sali giapponesi rilassanti, si disse che, a pochi mesi dal compimento dei suoi quarantacinque anni, aveva fatto il cammino professionale che si era prefissa e lo studio legale in cui lavorava l'aveva finalmente riconosciuta come socia, con tutti i benefit annessi al nuovo ruolo. Aveva lavorato bene e avrebbe continuato a farlo, perché amava la sua professione.

I conti che non tornavano erano quelli relativi alla sua situazione sentimentale. Aveva avuto molti uomini, ne aveva amati due solamente e tutti e due l'avevano ferita.

Non voleva compiangersi né crogiolarsi nella sofferenza, ma non riusciva ancora a digerire il modo in cui il chirurgo l'aveva scaricata. Continuava a ripensare a questa ferita che non si rimarginava.

Uscì dalla vasca da bagno, si asciugò e spalmò su tutto il corpo, ancora perfetto, una crema nutriente, elasticizzante, idratante e rassodante, stando a quanto garantiva l'etichetta del prezioso balsamo, indossò il pigiama e si rifugiò nel grande letto che custodiva il ricordo di tante notti d'amore e delle confidenze che si scambiava con le amiche nelle lunghe telefonate serali quando era sola.

Guardò l'orologio. Erano le undici di sera. Chiamò Gloria.

L'amica si era coricata da poco e le disse subito: «Sono in mansarda. È probabile che domani mi trasferisca da te. Ho parlato con Sergio, si sente frustrato perché lui sta invecchiando invece io, secondo lui, sono sempre uguale e, inoltre, dice che adesso io guadagno più di lui e questo lo mette in difficoltà. Mi ha fatto pena, credimi. Alla fine, è una brava persona, ma io mi sento sola».

«La verità è un'altra. Noi donne abbiamo bisogno di sentirci amate. Se ripenso agli anni passati, mi rendo conto che nessun uomo mi ha veramente amata, neppure quel bastardo di Gianni, del quale, invece, io mi ero innamorata. È triste arrivare alla mia età e dover ammettere che sono una donna di successo, ma senza amore», replicò Carlotta. E soggiunse: «Tu e le altre pensate che io sia una donna forte, ma non è così. Mi sono buttata nella carriera per riempire un vuoto e ho usato gli uomini per paura di esserne usata, ma Dio sa quanto abbia bisogno di un amore solido, che duri per la vita, e quanta voglia abbia di avere un figlio e di vederlo crescere accanto a me e al padre con cui l'ho concepito. Ho passato anni a odiare i miei genitori che si detestavano, soffrendo perché avrei voluto vederli uniti. Mia sorella ha reagito sposandosi e facendo la mamma a tempo pieno. Io, al contrario, ho preso a calci i sentimenti dedicandomi interamente al lavoro e all'affermazione sociale».

«Carlotta, stai bene?» si preoccupò Gloria, che non l'aveva mai sentita parlare così.

«Mi sento a pezzi. Ti dice niente il fatto che io

abbia sempre preferito gli uomini sposati a quelli liberi?»

«Hai sempre detto che quelli sposati non ti complicavano l'esistenza.»

«Mentivo. Avevo paura dei sentimenti. L'ho capito chiaramente stasera mentre coglievo la passione vera, profonda, sincera, di Andreina per il suo americano. L'ho invidiata tantissimo per questo. Andreina è la più sincera di tutte noi e, detto fra te e me, spero tanto che decida di tenere il figlio nato da questo grande amore, facendo esattamente quello che sua madre ha fatto con lei», concluse commossa, e proseguì: «Quanto a te, pensa bene a quello che fai, perché stai con Sergio da quando avevi vent'anni ed è sempre stato un compagno onesto, affidabile, che ti vuole bene. Tu hai bisogno di lui, come lui ha bisogno di te. Non puoi pretendere che scocchino scintille ogni giorno della vostra vita insieme. Inoltre, ci sono altri valori, altrettanto importanti, da scoprire con il passare degli anni. C'è l'amicizia, la solidarietà, il piacere della complicità. L'hai detto tu stessa che Sergio è un brav'uomo. Amalo per quello che ti ha dato e che ancora ti darà, così come lui ama te per le stesse ragioni. La forza di una coppia sta nel sostenersi a vicenda. Alla fine, l'amore è questo».

Gloria rimase in silenzio per qualche secondo e poi disse: «Devo ammettere che sei davvero un grande avvocato. Tu sai toccare le corde giuste per ristabilire un equilibrio. Sei anche la nostra leader, la nostra amata sorella maggiore. Ti voglio bene», concluse Gloria.

«Anch'io, tanto. Buona notte, amica mia», sussurrò l'avvocatessa e chiuse la comunicazione.

Gloria sgusciò fuori dal letto della mansarda, scese al piano sottostante, entrò nella camera dove il suo compagno stava dormendo, si infilò sotto le coperte e si addormentò accanto a lui.

«E tu che cosa fai qui?» le domandò Sergio, quando suonò la sveglia alle sette del mattino dopo.

«Non mi piace dormire senza la mia stufetta che mi scalda in queste notti gelide», rispose lei, sbadigliando. E soggiunse: «Dobbiamo proprio alzarci così presto?»

«Non lo so. Tu che cosa dici?» rispose lui, attirandola a sé.

«Perché non facciamo come i ragazzini che bigiano la scuola?» propose Gloria.

«Mi sembra un'idea geniale», sussurrò Sergio, abbracciandola e aggiunse: «Vuoi sempre andartene?»

«Tu che cosa ne pensi?» chiese lei abbandonandosi fra le sue braccia.

«Direi che hai deciso di restare. Non potrei vivere senza di te che sei il mio uragano di vitalità. Ieri sera, prima di addormentarmi, ho pensato molto a quello che mi hai detto e quello che mi ha ferito di più è stato sapere che ti senti sola. Hai ragione, ho lasciato che le preoccupazioni per il lavoro prevalessero su tutto, anche su di te. Ti amo, sono molto fortunato ad averti vicino. Per farmi perdonare ti faccio una proposta. In gennaio, che è un mese tranquillo per entrambi, ci prendiamo una lunga vacanza insieme.»

Gloria sorrise e, abbracciandolo, sussurrò divertita: «Ti ho dato una bella scrollata, vero?»

«Ci voleva. È questo che fanno un uomo e una donna che si amano.»

5

QUELLA sera, dopo aver congedato le sue amiche, Andreina si rifugiò nel salottino, aprì il tablet e mandò un messaggio a Bill: «So che tra poco ti imbarchi. Sei davvero sicuro di voler venire da me? Lunedì ci vedremmo comunque alla Tulip».

«Sei sicura di non voler stare con me fino a lunedì? Ho inventato il pretesto di una visita di controllo in azienda per rivedere te», rispose lui, subito.

«Ti aspetto a casa», scrisse lei, sorridendo, e spense il tablet.

Sprofondata nella poltrona che era stata di sua madre, mentre osservava la fotografia scattata durante l'ultimo Natale passato insieme, appoggiata sulla libreria di fronte a lei, sussurrò: «Mamma, pensi che stia facendo un errore?»

E immaginò che sua madre, guardandola con comprensione, le rispondesse: «Ascolta la voce del cuore e non sbaglierai mai».

Con questo viatico materno, Andreina andò a dormire.

Trascorse la mattina del sabato a finire gli addobbi natalizi, mentre la domestica a ore riordinava la casa.

Quando rimase sola, si rese conto di non riuscire a fare altro, se non aspettare l'arrivo di Bill.

Per contrastare l'emozione dell'attesa, si rincantucciò sul divano nel soggiorno, accese il televisore e tentò di seguire un telegiornale.

Avendo la salivazione a zero, di tanto in tanto andava in cucina a bere dell'acqua, poi tornava a sedersi.

All'una del pomeriggio si decise ad aprire il frigorifero e a spilluzzicare qualche avanzo della cena che Marco aveva preparato la sera precedente per lei e per le sue amiche. Poi tornò a piazzarsi davanti alla televisione.

Sentendo, senza ascoltarle, le voci di un notiziario, prese in mano un lavoro all'uncinetto. Sbagliò i punti, si spazientì e lo ributtò nel cestino da dove lo aveva preso. Tornò ad alzarsi e andò in bagno a lavarsi i denti, si guardò allo specchio, si fece una smorfia, sorrise e tornò a sedersi sul divano. Le sembrava che il tempo non passasse mai. I minuti scorrevano con una lentezza esasperante e lei aspettava che il telefono squillasse.

Sapeva che l'aereo da New York sarebbe atterrato a Malpensa intorno a mezzogiorno e mezzo. Erano già le due del pomeriggio e Bill non dava notizie di sé.

Si alzò dal divano, si accostò alla porta-finestra per guardare il cielo opaco e il viale sottostante dove il traffico fluiva incessante, mentre la sua vita si era bloccata ormai da ore.

Ebbe un sussulto quando sentì gracchiare il citofono di casa. Allora ricordò che era il pomeriggio del sabato e il portiere aveva concluso il suo servizio. Sollevò il microfono e sentì una voce che disse: «Andreina, sono io».

Il cuore fece una capriola, mentre sussurrava: «Ti apro. Terzo piano».

Si nascose il viso tra le mani e sussurrò: «E adesso, che cosa accadrà?»

Aprì lentamente la porta di casa, si bloccò sulla soglia e ascoltò il fruscio dell'ascensore che saliva.

Quando le porte si aprirono, Bill uscì dalla cabina reggendo un grande fascio di rose bianche e scarlatte. Indossava un giaccone imbottito e aveva il viso abbronzato e sbarbato di fresco.

Andreina lo fissava negli occhi senza riuscire a parlare.

«*Come in*», disse, infine.

Entrarono in casa, lui chiuse la porta alle loro spalle, posò i fiori su una panca dell'ingresso e sussurrò: «Sono in ritardo perché sono passato in albergo a lasciare la valigia».

Lei gli sorrise con tenerezza e sentì di amarlo disperatamente. Lo condusse in soggiorno, spense il televisore e sedette sul divano, mentre Bill emise un sospiro e disse: «Non ce la faccio a stare senza di te».

Andreina chinò lo sguardo, limitandosi ad annuire con il capo.

«Non ti vedo da due mesi e quattro giorni», proseguì lui e si sedette sul grande tavolo basso di fronte al divano.

Lentamente allungò le braccia, prese tra le sue una mano di Andreina e la sfiorò con un bacio.

«Vuoi mangiare qualcosa?» gli domandò lei, per contrastare l'emozione che la possedeva.

«Voglio solamente guardare te. Sei bellissima, Andreina.»

A quel punto fu lei a prendere una mano di Bill e se la portò al viso, premendola su una guancia. Quindi gli disse, in un sussurro: «Non dovevo scriverti che mi mancavi».

«Non avrei dovuto scriverti quasi ogni giorno passato lontano da te.»

«Ma lo abbiamo fatto», concluse lei e proseguì: «Ci siamo innamorati».

«E non riusciamo a smettere di amarci», disse Bill.

Andreina si alzò in piedi e gli chiese: «Abbracciami, Bill, la vita ci offre così poche occasioni di felicità».

Nella quiete ovattata dell'appartamento, i due amanti si regalarono ore di perfetta felicità e la sera della domenica, quando l'americano stava per tornare al suo albergo, lei disse: «Abbiamo fatto una grossa scorta di amore. Non buttiamolo al vento, non facciamo soffrire gli altri. Quando capiterà, ci rivedremo. Io penso che questo sia l'unico modo che ci viene concesso per non smettere mai di amarci».

«Domattina mi vedrai in ufficio e sarò assolutamente professionale. Ma non dimenticare mai che ti amo», disse Bill.

Andreina lo scortò fino al portone del palazzo e si lasciarono con un lungo abbraccio.

Lei tornò in casa, fece ordine affinché la domestica non notasse che aveva avuto un ospite, poi recuperò nell'ingresso le rose che Bill le aveva portato e che aveva messo velocemente in un vaso colmo d'acqua perché non appassissero. Ora decise di togliere la carta del fioraio in cui erano avvolte e si trovò tra le mani una scatoletta. Era un cofanetto di Tiffany. Lo aprì. Conteneva un bracciale costellato da orchidee di smalto e brillanti, come il ciondolo infilato nella catena che portava al collo. Sorrise e lo infilò al polso. Prima di coricarsi, riattivò i telefoni: quello di casa e il cellulare.

Sul cellulare trovò una serie di messaggi e chiamate alle quali non aveva risposto. Erano delle sue amiche.

Chiamò subito Carlotta, che la investì come una furia.

«Sciagurata! Ti rendi conto che è quasi mezzanotte e non dai notizie da sabato? Stavo per venire a casa tua.»

«Ti prego, sono felice. Non guastarmi l'umore», disse Andreina.

«Scusami. È andato tutto come avevo previsto?»

«Più o meno. Comunque non gli ho detto niente della gravidanza.»

«Sei stata saggia e sono felice per te. Ti lascio tranquilla e non ti racconterò la bomba esplosa in casa di Maria Sole», disse.

«Rimandiamo ai prossimi giorni, dopo che Bill sarà ripartito. Passa parola alle altre.»

«Lo farò e tu goditi questi momenti felici, amica mia», la salutò.

6

ALLE quattro del mattino Maria Sole fu svegliata dagli strilli del piccolo Michele e lei, un po' intontita dalla valeriana presa qualche ora prima, allungò un braccio per accendere la lampada e prendersi cura di lui che le dormiva accanto.

«Piccolino, abbi pietà di questa mamma distrutta. Smetti di piangere e fai la nanna ancora per un po'», sussurrò, infilandogli il ciuccio in bocca. Michele lo sputò e riprese a strillare ancora più forte, lacerando gli ultimi brandelli del dolce oblio indotto dal calmante e riaffiorò, in tutta la sua drammaticità, la sua condizione di donna tradita da un uomo che, prima ancora di essere un marito, era stato il suo più grande amico.

Abbracciò suo figlio, sussurrando: «È notte, cuore mio. La mamma è stanca e tu non puoi piangere così».

Lui, per niente placato dalla voce della mamma, strillò a pieni polmoni.

Maria Sole si alzò, lo prese in braccio e, ninnandolo, si mise a camminare nella camera, recitando: «Quando è notte e il cielo è buio, dormono le mamme, dormono i piccini e dormono anche gli uccellini». Michele si quietò, ma nel momento in cui lei stava per deporlo sul letto, spalancò gli occhi e riprese a piangere.

Allora andarono in cucina, dove lei prelevò il biberon della camomilla che aveva riposto in frigorifero, lo fece intiepidire e glielo offrì. Lui succhiò avidamente, continuando a tenere gli occhi fissi su di lei, con l'aria di dirle: «Guai a te se mi rimetti a letto. Io voglio essere cullato».

Per quanto stanca, Maria Sole gli sorrise, annuì, e gli sussurrò: «Adesso andiamo in soggiorno, accendiamo la televisione, ci mettiamo sul divano e vedrai che ci addormentiamo».

E fu così, fino alle sette del mattino, quando si ridestarono entrambi. Lei era acciaccata a causa della posizione scomoda che aveva tenuto seduta sul divano. Cambiò Michele, gli diede il latte e considerò che, essendo sabato, non sarebbe venuta la domestica cui affidare la cura della casa.

Alle otto, mentre il bambino stava nella culla e lei non si decideva né a lavarsi né a vestirsi, arrivò la telefonata della suocera.

«Devo parlarti», esordì la donna, senza troppi giri di parole.

Maria Sole conosceva Cristina fin dall'infanzia e aveva con lei una confidenza quasi maggiore di quella che aveva con sua madre.

Così le disse: «È proprio necessario? Io non me la sento».

«Mariano è a casa mia e mi ha raccontato tutto. Tra mezz'ora sono da te», concluse la donna, che aveva sempre avuto un piglio energico con tutti.

«Cristina, per favore, fai tacere le tue ansie materne e lasciami in pace. Ho soltanto bisogno di tranquillità e di riposo. Ora non sono abbastanza lucida per ascoltarti.»

La suocera, con voce contrariata, replicò: «Non mi avevi mai parlato con tanta asprezza. Io mi preoccupo soltanto per te e per il bambino».

«Ti chiamerò io, quando starò meglio», disse lei e chiuse la comunicazione.

Il bambino dormiva tranquillo nella culla, e lei ne approfittò per lavarsi, vestirsi e fare colazione.

Poi, spalancò le finestre per dare aria alla casa e decise di uscire per fare la spesa.

Di solito era Mariano che se ne occupava il sabato mattina, portando con sé il bambino, per dare alla moglie un'ora di tranquillità. Adesso toccava a lei questa incombenza noiosa.

Vestì Michele e lo sistemò nella carrozzina, indossò il cappotto e uscì di casa. Chiamò l'ascensore e, quando si aprì l'anta scorrevole, all'interno c'era suo marito.

«Sono venuto solamente per prendere le mie cose», esordì lui, con aria impacciata.

«Accomodati. Come vedi io sto uscendo», rispose lei.

«Il mio mazzo di chiavi è rimasto qui», spiegò il marito.

Maria Sole gli aprì la porta di casa e se ne andò senza fare commenti.

Fece la spesa e, quando suo figlio cominciò a dare segni di scontento perché era stanco e aveva fame, tornò a casa.

Mariano era già andato via, lasciando in bella vista, sul tavolo dell'ingresso, una busta indirizzata a lei.

Prima accudì il piccolo, poi sistemò la spesa e, infine, si rifugiò nel salotto. Sedette sul divano e aprì la busta. Ne estrasse una lunga lettera del marito che esordiva così:

Amica mia, so di averti ferita e questa consapevolezza non mi dà pace. Vorrei soltanto che tu sapessi che non ho mai avuto un'altra donna e, a questo punto, è necessario che tu sappia la verità.

Noi due siamo stati sempre grandi amici. Fin da quando eravamo piccoli, tu eri la mia fatina da proteggere e io ero il bambino appagato dalla tua predilezione per me. Te lo ricordi come ci chiamava la nostra maestra? Gli inseparabili. Sedevamo insieme allo stesso banco, ci aiutavamo a fare i compiti. Quando io non sapevo una cosa la chiedevo a te e tu facevi lo stesso con me. Insieme abbiamo imparato a pattinare sul ghiaccio, a giocare a tennis, a giocare con le tue bambole e con i miei Lego. Al liceo andavamo insieme al maneggio e trascorrevamo insieme le vacanze-studio all'estero. Tu mi hai mollato solo all'università. Non ti interessava una laurea, anche perché era ormai stabilito che ci saremmo sposati e io avrei fatto il marito che si occupa della carriera e tu la moglie dedita alla famiglia e alla casa, come le nostre madri. Un giorno, tu dicesti: «Non voglio arrivare vergine all'altare. Tutte le mie amiche vanno a letto con i loro fidanzati. Credo che dovremmo farlo anche noi».

Io ero vergine quanto te e mi misi d'impegno per assolvere un ruolo per il quale non mi sentivo portato. Mi sembrava che sia tu sia io non avessimo molto interesse per il sesso. Facevano l'amore perché era giusto farlo. Punto. Cercavamo di ignorare le sollecitazioni dei nostri genitori che ripetevano: «Allora, ragazzi, avete deciso la data delle nozze?»

Noi ci guardavamo negli occhi, insieme emettevamo un sospiro rassegnato e tu dicevi: «Un giorno o l'altro lo faremo, vero Mariano?» Io ti sostenevo e replicavo: «Non stateci con il fiato sul collo. È ovvio che ci sposeremo quando sarà il momento».

Il momento venne quando tu mi dicesti di essere incinta. Allora capii che la mia vita era arrivata a una svolta. Finalmente, vivendoti accanto giorno dopo giorno, avrei fatto chiarezza sui mille dubbi tormentosi che mi assillavano da quando ero adolescente. Perché l'amico sincero ti ha taciuto il suo dramma, mentendo prima di tutto a se stesso, poi a te e agli altri. Io sono gay, Maria Sole. Adesso, finalmente, lo sai. La persona con cui mi hai sentito parlare è il mio ragazzo. La storia con lui è iniziata quando tu eri incinta. Con lui ho avuto il coraggio di guardarmi dentro fino in fondo e di accettarmi per quello che sono. Perdona, se puoi, il mio inganno. Amo te, amo il nostro bambino, ma desidero solamente lui, il ragazzo che mi ha svelato la mia vera natura. A questo punto decidi tu che cosa vuoi fare. Io ho due grandi desideri, il tuo perdono e la tua amicizia.

Maria Sole ripiegò la lettera e pianse.

7

La domenica mattina, Carlotta si mise in macchina e, come d'abitudine, andò a Monza a trovare la madre. Come sempre, nel baule dell'auto aveva depositato cibo sufficiente per una settimana, acquistando polpettine e polpettoni, ravioli e gnocchetti di patate, parmigiana di melanzane e pasticcio di riso che la mamma avrebbe consumato nell'arco della settimana. Si riforniva da *Giacobbe*, la sua gastronomia di fiducia.

Portava il cibo a sua madre ogni settimana perché sapeva che Ermellina avrebbe saltato i pasti, piuttosto che mettersi ai fornelli. Era sempre stata così.

«Gli odori della cucina impregnano i tessuti», si giustificava, riferendosi al suo mestiere di sarta in casa. E ricordava quando era giovane e lavorava a Milano dalla signora Mila, una sarta geniale che poi sarebbe diventata famosa ma, per tanti anni, aveva subìto le lamentele delle clienti che le dicevano: «Mila, i vestiti bellissimi che escono dalle tue mani sanno sempre di *erburin*». Era l'odore del prezzemolo con cui insaporiva le minestre per sé e per la famiglia.

Quando Ermellina aveva imparato gli elementi fondamentali di quel lavoro, aveva cominciato a trasformare in sartoria il tinello di casa, dove le clienti le portavano i tessuti che lei tagliava, cuciva e confezionava: gonne, camicette, tailleur, soprabiti, vestiti e cappotti. E non cucinava. Mandava le figlie dal salumiere a comperare prosciutto, formaggio, insalata russa e verdure sott'olio e in gastronomia acquistava il baccalà fritto, l'arrosto di vitello, lo stracotto di manzo. Quando suo marito, il ragionier Biffi, rincasava dal lavoro, lei metteva in tavola i cibi dicendo: «Servitevi. Io vado di là a finire un'imbastitura». E si dimenticava di mangiare.

Ermellina e il marito erano una bella coppia all'apparenza, nella sostanza si ignoravano, qualche volta si detestavano e le due figlie, Carlotta e Patrizia, crescevano abbandonate a loro stesse.

Ermellina non si accorgeva neppure che il ragioniere capo del Comune aveva una seconda vita.

Le due sorelle erano cresciute in fretta, imparando

prestissimo a diventare autonome. Patrizia adorava Carlotta, che era maggiore di lei di due anni e la proteggeva.

Poi venne il giorno in cui il ragionier Biffi disse alla moglie: «Io vado a vivere con un'altra donna, non c'è motivo di continuare a stare con te».

Lo annunciò a tavola, una domenica a mezzogiorno, alla presenza delle figlie.

Ermellina sembrò sorpresa da quell'improvviso richiamo alla realtà del loro rapporto. Tacque per qualche istante, poi replicò: «Fai quello che vuoi. Io, però, devo finire un capo per questa sera e non ho il tempo per aiutarti a fare le valigie». Poi si rivolse alle figlie: «Bambine, aiutate il papà a portare via le sue cose».

Carlotta, che aveva quattordici anni, disse: «Io e mia sorella è come se non fossimo mai esistite per voi due. Quindi non chiedete il nostro aiuto né adesso né mai».

Andarono, come ogni domenica pomeriggio, all'oratorio e Carlotta si nascose dietro una siepe e pianse.

A casa, Ermellina continuava a cucire ascoltando la radio. Il marito era già in macchina, stipata di tutti i suoi effetti personali, diretto a San Maurizio, un paese vicino dove, da diverso tempo, viveva con una collega d'ufficio.

Patrizia si assunse il ruolo di fare da tramite tra il

padre e la famiglia. Carlotta si rifiutò sempre di rivederlo e compensò il vuoto affettivo intrecciando storie d'amore con ragazzi più grandi di lei.

Esercitando una specie di vendetta inconscia sugli uomini, non appena avvertiva un attaccamento eccessivo da parte dell'innamorato del momento lo abbandonava e intesseva una relazione nuova.

Era bella, intelligente e aveva voglia di emergere e di avere successo. Sfruttava le sue doti per affermarsi negli studi, nella professione, nei rapporti con l'altro sesso, evitando accuratamente ogni coinvolgimento sentimentale.

Quando lei si laureò in Giurisprudenza, Patrizia, ragioniera diplomata, lavorava da un anno al Comune, dov'era stata assunta con l'aiuto del padre e, poco tempo dopo, sposò Ermanno, figlio di Giuseppe Galbusera proprietario della Premiata Ferramenta Galbusera dal 1921.

Mentre Carlotta piangeva per l'abbandono del ragazzo di cui si era innamorata che, a ridosso delle nozze, l'aveva lasciata per la figlia di un ricco imprenditore, Patrizia dava alla luce il suo primo figlio.

Intanto il padre viveva felicemente accanto alla sua nuova compagna e la madre continuava a cucire abiti per le sue clienti, dimenticandosi spesso di mangiare.

Carlotta lavorava nel suo primo studio legale e viveva a Milano in due stanze d'affitto, quando Patrizia sistemò la villetta acquistata dal marito, dotandola di alcune camere per i figli che sarebbero venuti dopo il primogenito.

In tutto questo, il legame tra le due sorelle non si era mai affievolito e il cognato Ermanno aveva eletto Carlotta a consulente nei contenziosi con clienti e fornitori.

Quella domenica mattina, l'avvocatessa aveva previsto un supplemento di cibo, perché a pranzo da Ermellina sarebbe venuta anche Patrizia con tutta la famiglia. La sorella aveva provveduto ai dolci, fatti da lei, che si dilettava ai fornelli, ed Ermanno aveva portato i vini.

Ora erano tutti lì, intorno al tavolo della cucina, a intessere chiacchiere, raccontare aneddoti, ascoltare le barzellette dei bambini.

Carlotta pensò che, quando c'era armonia, la famiglia poteva rappresentare un rifugio sereno, il valore che dava un senso alla vita.

Per la prima volta osservò con attenzione i figli di sua sorella che la guardavano come una divinità irraggiungibile, perché la madre ne esaltava sempre la bellezza e la bravura come avvocato.

«Penso che dovremmo incontrarci tutti insieme dalla mamma un po' più spesso», si sorprese a dire.

«Potremmo anche stanare la mamma da queste stanze, in cui vive come un'eremita, e trovarci da noi, che abbiamo più spazio», propose Patrizia.

«Ah no! A me bastano e avanzano il Natale e la Pasqua a casa vostra. Non ho tempo per mettermi in ghingheri, uscire, ascoltare le chiacchiere dei miei consuoceri. Io devo lavorare e non posso stare con le mani in mano. Ci starò già all'infinito quando sarò morta», si ribellò Ermellina.

«Ti sei già persa un marito per il tuo attaccamento al lavoro. Vuoi perdere anche le tue figlie e i tuoi nipotini?» la sferzò Patrizia.

Carlotta non disse niente ma, per la prima volta, realizzò che, in parte, il suo modello di vita da single era stato identico a quello di sua madre.

Si levò la voce di Giuseppe, il figlio maggiore di Patrizia, che disse alla nonna: «Anche la zia Carlotta lavora tantissimo, però la domenica viene apposta da Milano per stare con te».

Ermellina si fece seria e commentò: «Ha parlato la voce dell'innocenza. Hai ragione, *bambín*, è vero. L'importante, oltre il lavoro, è godersi la famiglia».

Carlotta ascoltò attentamente le parole sorprendenti di sua madre e pensò che era tempo di introdurre un correttivo nel suo modo di vivere.

8

La domenica mattina Gloria si svegliò avvolta da un sottile effluvio di vaniglia e caffè. Era sola nel letto. Si alzò, infilò la vestaglia e scese in cucina dove il tavolo, accanto alla porta-finestra che si apriva sul giardino, era apparecchiato con una tovaglietta candida e una ricca colazione: caffè e latte nei bricchi di porcellana, piccole brioche ripiene di crema pasticcera su un'alzatina d'argento, le coppette della macedonia con frutta fresca sminuzzata e succo d'arancia.

Era come essere in un grande albergo dove le era stata appena servita la colazione.

Sentì i passi del suo compagno che si avvicinavano e Sergio si profilò sulla soglia tendendole un bouquet di minuscole rose gialle e bianche. Era vestito e sbarbato di fresco, le guance e la punta del naso erano arrossati dal freddo del mattino dicembrino.

«Buongiorno, amore mio. Piccole rose per il mio fiore più prezioso», esordì lui, avvicinandosi a Gloria, e le sfiorò le labbra con un bacio.

«Grazie», rispose lei, respirando il suo profumo, e gli diede un bacio sulla guancia gelida.

Sergio, con l'aria di un imbonitore da circo, annunciò: «Ed ecco a voi, nello splendore del tecnicolor, la mia dama in vestaglia di pile costellato di gattini colorati».

«Scemo!» replicò lei, deliziata, e sedette al tavolo della colazione. Gustò la prima cucchiaiata di macedonia e commentò: «Devo dire che un servizio simile non lo avevi mai inscenato, neppure nei nostri primi anni d'amore».

«Mi hai accusato di essere diventato un pantofolaio e, per dimostrarti che ti sbagli, sono uscito nel gelo del primo mattino per andare dal fruttivendolo, in pasticceria e dal fioraio», sottolineò Sergio, sedendosi di fronte a lei.

«Ma quale primo mattino? Sono le dieci e mezzo, bugiardo», rise lei.

«Com'è bello vederti così allegra, amore mio», sussurrò Sergio, sfiorandole il viso con una carezza.

«È stato terribile pensare di perderti, perché non riesco a concepire la mia vita senza di te», le confessò.

«E io che pensavo di aver perso il mio Sergio innamorato. Nemmeno per me è stato facile viverti accanto in questi ultimi tempi. Ma adesso ti ho ritrovato e ne sono felice. Allora, oggi che cosa facciamo?» domandò Gloria.

«Ho due proposte. La prima è andare in centro e acquistare qualche dono di Natale per mio padre, per i tuoi e per i nostri amici. Dopo andiamo a mangiare qualcosa in un ristorante e poi scegliamo un film per il pomeriggio. La seconda ipotesi è cucinare qualcosa in casa e poi passare il resto della giornata a leggere. Che cosa preferisci?» chiese lui.

«Io propongo di passare per un saluto prima dai miei e poi da tuo padre, magari portando a ciascuno quelle pastiere napoletane che abbiamo infilato nel congelatore. Poi mangiamo qualcosa dal *Vegetariano* e, infine, torniamo a casa a leggere e a ricaricare le batterie per la prossima settimana, che si prospetta più rovente di quella appena passata», disse lei, sapendo che Sergio aveva bisogno di riposare.

Lui le fu grato per questo programma. I rispettivi genitori abitavano in zona e, dopo la visita ai genitori di lei, andarono dal padre di Sergio.

L'ingegner Lavagnolo era appena rientrato dalla messa in compagnia di Ivona, la badante polacca che viveva con lui da due anni.

La donna servì in salotto l'aperitivo per tutti e poi si defilò per cucinare il pranzo, chiudendo la porta del salotto.

L'uomo, che aveva da poco superato i settant'anni, sussurrò: «Sapete, Ivona ci ha lasciati soli perché devo annunciarvi che lei e io intendiamo sposarci».

Gloria vide il suo compagno sbiancare in viso, mentre, con una calma celestiale, domandava al padre: «Sei diventato matto?»

«Spero proprio di no. Non mi illudo certo che questa bella quarantenne sia innamorata di me. Però tu sai che, nonostante l'età...»

«E i problemi di cuore», lo interruppe il figlio.

L'ingegnere proseguì: «Appunto, nonostante il cuore ballerino, lei e io facciamo sesso e lo facciamo volentieri. Ora lei è divorziata, senza figli, senza genitori...»

«E uno stuolo di fratelli e cognate molto avidi, a giudicare dai pacchi che spedisce ogni mese in Polonia», sottolineò Sergio.

«È affezionata alla famiglia, come tu sei legato a me. Questo ti dice la sua generosità. Insomma, desidero che, dopo la mia morte, lei abbia di che vivere.»

«Papà, quella donna mira a questo appartamento e alla casa sul lago dove passate l'estate. Come puoi pensare che non ti stia raggirando?»

«E se anche fosse? A te ho lasciato la fabbrica e ho contribuito all'acquisto della vostra villetta in via della Sila. Alla donna che mi accudirà fino alla fine dei miei giorni, lascio il resto. Mi sembra più che giusto», concluse l'uomo con voce ferma.

«Papà, dobbiamo discuterne, perché la tua mi sembra una decisione azzardata.»

«La pensi anche tu come lui?» domandò l'uomo a Gloria.

«Io non penso niente, ingegnere», si limitò a rispondere lei, dicendo la verità. Capiva le ragioni della bella Ivona e quelle di Sergio. Erano entrambe più che legittime.

«Gloria, fammi un favore. Vai di là a parlare con la scaltra polacca, perché io voglio riportare mio padre alla realtà», le suggerì Sergio.

Gloria uscì dal salotto e colse Ivona che orecchiava dietro la porta. La donna arrossì e si avviò verso la cucina. Gloria la seguì dicendole: «Non è bello quello che stavi facendo».

La bionda replicò con voce inviperita e lo sguardo

di ghiaccio: «Dopotutto stavate parlando di me, del mio futuro».

«Ti sbagli. Sergio stava parlando del futuro di suo padre», precisò Gloria, guardandola con severità e aggiunse: «Peccato, fino a un momento fa avevo un'opinione migliore di te». Tornò in salotto, dove padre e figlio si stavano accalorando.

Li interruppe per dire: «Anche se la cosa non mi riguarda, credo di doverle dire, ingegnere, che Sergio ha ragione e che lei sta facendo una grandissima sciocchezza». Poi si rivolse al suo compagno e soggiunse: «Ti aspetto a casa, così potete parlare in libertà. Le auguro una buona domenica, ingegnere», si chinò per baciarlo sulla fronte e se ne andò.

Mentre usciva dal portone, pensò che la pace domenicale era stata spezzata da una situazione spiacevole. Lei stimava il padre di Sergio, una persona integerrima che non meritava di trascorrere la vecchiaia preda di una fredda calcolatrice.

Così, prima ancora di imboccare via della Sila, afferrò il telefonino e chiamò un vecchio amico, sperando di trovarlo.

9

Carmine Caruano era il capo del commissariato di polizia di Porta Venezia. Nato ad Avellino, ultimo di quattro figli, era arrivato al Nord quando il padre, agente di polizia, aveva ottenuto il trasferimento a Vercelli. In quella città di provincia aveva frequentato il liceo classico e, dopo la maturità, si era iscritto a Milano alla facoltà di Scienze Politiche dell'Università Statale. Qui era stato ospite di uno zio fruttivendolo che, in corso di Porta Nuova, aveva casa e bottega.

Alla Statale si era fatto una rete di amici e, poiché non era solamente uno studente brillante, ma anche un tipo allegro e simpatico, aveva avuto successo con le ragazze.

Tra lui e Gloria, che frequentava il suo stesso corso di studi, era nata una bella amicizia che lui avrebbe voluto trasformare in un legame sentimentale. Ma Gloria era innamorata di Sergio e, per quante strategie Carmine adottasse, non era riuscito a conquistarla. Però, anche dopo che si erano laureati, avevano continuato a essere grandi amici e, di tanto in tanto, si rivedevano con i compagni di università. Carmine non aveva smesso di corteggiarla con quell'aria di complicità tutta partenopea che divertiva Gloria e un po' la lusingava.

Ora lei gli disse al telefono: «Ho bisogno del tuo aiuto».

«Mi precipito da te, inarrivabile fanciulla del mio cuore», rispose Carmine, schivando un libro lanciato contro di lui dalla sua compagna.

«Non è necessario», si affrettò a dire Gloria e soggiunse: «Ti chiedo solo, se puoi, di prendere nota di un nome e di alcuni dati».

«Aspetta un istante», replicò il poliziotto. Un attimo dopo disse: «Ho carta e penna. Dettami e scrivo».

Lei, che si occupava ogni mese di compilare la busta paga di Ivona, conosceva a memoria i suoi dati. Glieli riferì.

«Qual è il problema?» domandò il poliziotto con aria professionale.

Gloria gli riassunse la situazione commentando: «Fino a stamattina ero quasi favorevole alla decisione di mio suocero. Poi, però, ho avvertito una nota stridente. Insomma, ho l'impressione che questa badante sia tutt'altro da quello che vuole sembrare. Credi di riuscire a tranquillizzarmi?»

«O ad allarmarti ancora di più...» ragionò lui e soggiunse: «È urgente?»

«Vedi tu.»

«Ho capito. Camilla e io stavamo vestendoci per andare a mangiare qualcosa dal *Vegetariano*. Comunque trasmetto la richiesta a qualcuno dei miei che oggi lavora. Ci sentiamo, fata dei miei sogni.»

«Smettila di scherzare e passami quella santa donna di Camilla», disse Gloria.

Quando la ebbe in linea, le domandò: «Come fai a sopportare questo sciagurato che non prende mai nulla sul serio?»

«Sono caduta nella sua rete come una scema. Il fatto è che Carmine prende sul serio soltanto il suo lavoro. Tutto il resto, per lui, è soltanto un gioco», si lamentò la donna.

«Oltre il lavoro, prende molto sul serio anche te. Ammettilo e diglielo», le suggerì Gloria.

«Non glielo dirò mai, è più prudente», scherzò Camilla e proseguì: «Riusciamo a vederci prima di Natale?»

«Ho idea che ci si riveda tra pochissimo, perché, con Sergio, avevamo deciso di pranzare al *Vegetariano* anche noi», la informò Gloria mentre apriva la porta di casa, dove avrebbe aspettato il ritorno del suo compagno.

Mezz'ora dopo, quando varcarono la soglia del ristorante, Carmine e Camilla erano già seduti a un tavolo per quattro e li stavano aspettando.

Optarono per un risotto integrale insaporito con verdure autunnali, ribes rosso e una glassa di succo di melograno, accompagnato da un Valpolicella di un bel rosso rubino.

Iniziarono a gustarlo quando il commissario esordì: «A proposito di quell'Ivona, non ho notizie rassicuranti. Mi dispiace tanto per te, Sergio, e ancora di più per tuo padre».

Raccontò che la bella polacca aveva accumulato una fortuna, essendo già vedova di un anziano marito italiano deceduto dopo pochi mesi di matrimonio.

La polizia aveva raccolto una denuncia di morte sospetta da parte di una vicina di casa. La donna, anch'essa vedova e amica del defunto, aveva detto agli inquirenti di essere certa che l'uomo fosse stato ucciso dalla sua badante che, dopo le nozze, aveva cominciato a fare la bella vita con il suo amante, trascurando ostentatamente il povero marito diabetico e pieno di acciacchi. La bella Ivona usciva con il suo giovane compagno, chiudendo in casa il marito, che rimaneva a lungo senza assistenza.

La polizia aveva archiviato il caso ritenendo che l'anziana vicina di casa avesse costruito un castello di accuse dettate dalla gelosia. In seguito, si era saputo che l'amante di Ivona esisteva davvero, era un camionista incensurato, legato alla polacca da un rapporto che durava da alcuni anni.

Carmine Caruano aveva avuto queste informazioni da un collega in servizio quella domenica.

A conclusione del suo rapporto, Carmine disse a Sergio: «Ti sconsiglio dall'intentare una causa alla signora per circonvenzione di incapace perché tuo padre, che conosco bene, è sveglio come un grillo. Invece, rivolgiti a un investigatore privato che ti porti le prove dell'esistenza dell'amante, che è sicuramente suo complice, e mostrale a tuo padre».

Quella fu una domenica molto triste per Gloria e per il suo compagno.

Non fu migliore neppure per Maria Sole, che aveva visto crollare tutte le sue certezze.

Aveva solamente voglia di stendersi sul letto, chiudere gli occhi e dormire per cancellare la realtà. Ma il piccolo Michele la reclamava, il cellulare, che lei aveva silenziato, vibrava per le incessanti chiamate sia della suocera sia di sua madre. Alla fine, madre e suocera suonarono al campanello di casa e lei dovette farle entrare e affrontarle.

«Se davvero volete rendervi utili, prendetevi cura di vostro nipote», disse lei e soggiunse: «Non lo capite che non ho voglia di stare ad ascoltarvi?»

«E invece devi, Mariano ci ha detto tutto», replicò la suocera.

«C'è di mezzo il buon nome delle nostre famiglie», rincarò la dose sua madre.

Ora, per la prima volta, Maria Sole guardò quelle donne che, da sempre, erano state i suoi punti di riferimento, come due estranee ostili.

«Ma certo: salviamo le apparenze, non creiamo uno scandalo. Ma la mia vita, chi la salva? Il mio futuro di moglie e di madre, chi me lo ricostruisce dopo che è stato distrutto?» le interrogò.

«Non puoi avere una parola di comprensione per quel povero figlio mio?» domandò la suocera.

«Scusami tanto se riesco a pensare solo a me stessa!» la sferzò.

«Tesoro, divorzierai e ti creerai una nuova vita», sussurrò sua madre, con dolcezza.

«Non dire sciocchezze», si inalberò lei e proseguì, furente, guardando le due donne: «Che cosa volete da me? Siete venute a farmi la morale? Direi che è fuori luogo! Andate via voi e il vostro ridicolo perbenismo che ha creato un sacco di guai a me e a Mariano. Ora che vi guardo, vi vedo finalmente per come siete: due egoiste, responsabili di questo disastro. Come poteva tuo figlio ammettere la propria omosessualità con una madre come te? Quanto a te, cara mammina, come avresti potuto ascoltare i miei dubbi su di lui? Mi sentivo quasi in colpa per desiderare un rapporto appagante che con Mariano non ho mai avuto. Fatemi un favore: andate via».

Si avviò alla porta di casa, la spalancò e attese che le due uscissero per richiuderla alle loro spalle.

Aveva bisogno delle sue amiche, perché soltanto confrontandosi con loro avrebbe potuto ritrovare un po' di lucidità. Ma non le avrebbe cercate, non di domenica, perché non voleva guastare la giornata anche a loro.

10

«DA pochi giorni ho maturato una certezza: nella mia vita ho sbagliato tutto. Ogni mia scelta è stata dettata da due esigenze: il successo e il sesso. Ragazze, ho sbagliato proprio tutto», ripeté Carlotta dopo che il cameriere aveva servito gli aperitivi nella saletta Ottocento nel solito ristorante.

Maria Sole, Gloria e Andreina la guardarono, spiazzate dalle parole dell'amica che era sempre stata il loro punto di riferimento.

«Già da bambina ero determinata a emergere come la prima della classe, senza essere stata sollecitata in questo senso né da mio padre né da mia madre. Sono stata l'allieva ideale delle maestre, dei professori e dei docenti universitari. Non amavo lo studio in quanto tale, ma come strumento per elevarmi sopra la media.

Nei rapporti con gli uomini, quando ho iniziato a fare sesso, ero determinata a diventare indispensabile, irresistibile, necessaria per l'amante di turno e, quando avevo raggiunto l'obiettivo, lui smetteva di interessarmi, quindi lo lasciavo, incurante del fatto che il disgraziato ne soffrisse. Vi ho sempre detto di essermi innamorata soltanto due volte, da ragazza e adesso. Mentivo. Non mi sono innamorata neppure di loro. Ho usato gli uomini per vendicare i torti che mia madre ha subito dalla vita. Adesso, finalmente, ne sono consapevole.»

«Carlotta, che cosa dici?» la interruppe Gloria, esterrefatta da quella confessione.

«Mai interrompere l'avvocato mentre tiene la sua arringa. Se vuoi, puoi uscire dall'aula», replicò lei e bevve un sorso di vino. Quindi proseguì, guardando negli occhi le amiche a una a una: «Mia madre che, come sapete, da ragazza ha imparato il mestiere della sarta da una grande della moda degli anni Settanta, voleva eguagliare la sua maestra. Per realizzare il suo desiderio ha ignorato tutto il resto: si è sposata, perché all'epoca le donne erano costrette a farlo, e ha messo al mondo due figlie, disinteressandosi sia di loro sia del marito. Il risultato è stato che nostro padre se ne è andato e si è fatto un'altra famiglia e noi figlie siamo cresciute da sole, pur amando questa mamma divorata dal bisogno di affermarsi. Tuttavia, la mia mamma ha rappresentato per me uno stimolo per conquistare il successo. Senza rendermene conto, io mi sono identificata in lei: niente marito, niente figli e un'affermazione professionale di tutto rispetto. Oggi sono l'avvocato donna più richiesta, socia dello studio legale milanese più affermato e sono libera come l'aria. Ho quarantacinque anni... e poi? Vedete, amiche mie, è proprio questo 'poi' che mi tormenta. Vi siete mai poste questa domanda?»

Le altre tre si scambiarono sguardi perplessi.

Carlotta non diede loro il tempo di replicare e incalzò: «Domenica ero a Monza con mia madre, mia sorella, suo marito e i loro figli. Eravamo una famiglia riunita per il pranzo. C'era una bella atmosfera, sana, costruttiva. Ero felice, perché quella era la mia famiglia, un valore fondamentale nella vita di ciascuno di noi, troppo spesso sottovalutato, dimenticato.

Guardavo mia madre, ormai anziana, ingobbita dai lunghi anni di lavoro al tavolo di cucito, inaridita dalla sua frustrazione di non essere riuscita ad affermarsi come avrebbe voluto. Guardavo mia sorella e suo marito, che conducono un'esistenza tranquilla, appagante. I loro figli sono vivaci, svegli come furetti, curiosi e deliziosi. Tutti loro sono una parte di me. Basta sesso e successo. Io voglio lavorare, perché mi piace, ma non voglio più rinunciare ai miei affetti. Non so se un giorno mi sposerò, non so se potrò ancora avere dei figli, ma so con certezza di avere voltato pagina. E, con questo, ho concluso la mia arringa».

Seguì un lungo silenzio, interrotto dall'ingresso della padrona del ristorante che disse: «Scusatemi, signore, se vi ho trascurato. Il fatto è che, di là, ho la sala piena. Ora sono tutta per voi. Posso elencarvi i piatti del giorno?»

«Questa sera ci affidiamo a lei», rispose Maria Sole, interpretando il desiderio di tutte.

«Allora, tempo dieci minuti vi faccio portare una tartare di tonno freschissimo con verdurine all'agro», decise la donna, lasciandole sole.

Maria Sole si rivolse a Carlotta: «Tu parli dell'importanza della famiglia che, per me, è sempre stato un dato certo, fino alla settimana passata, quando la mia famiglia, formata da Mariano, dal nostro bambino e da me, è stata travolta da una bufera. Ho scoperto che mio marito è omosessuale e ha un amante. Ecco, finalmente l'ho detto», sparò, abbandonandosi poi a un respiro di sollievo.

«Ci stai dicendo che Mariano è gay?» domandò Carlotta, incredula.

«L'ha appena detto!» intervenne Gloria.

«Già, mio marito appartiene da sempre all'altra sponda. Solo che non riusciva ad ammetterlo neppure con se stesso. L'educazione rigida della sua, come della mia famiglia, non ammette che un figlio possa essere omosessuale. Così, Mariano è cresciuto sentendosi colpevole per questa sua diversità che mi ha confessato in una lunga lettera. Sono confusa, sconvolta, ma ho deciso di escludere genitori e suoceri dalla nostra vita, almeno per il momento, e ho consentito a Mariano di vivere con me e con nostro figlio fino a quando non avrà trovato una casa per sé e per il suo compagno. Lui è il solo uomo che ho avuto, i nostri rapporti sono sempre stati sporadici ed ero sempre io a prendere l'iniziativa. Non ero soddisfatta della mia vita sessuale, ma non avevo nessuna esperienza per valutare le sue prestazioni. Così non ho mai pensato che potesse essere omosessuale. Sono scema, lo so, ma è andata così. Tu, Carlotta, adesso scopri l'importanza di avere una famiglia. Io, adesso, so che escluderò per un bel pezzo dalla mia vita la mia famiglia e quella di mio marito. Un giorno, Mariano e io verremo da te per concordare i termini del nostro divorzio, anche perché lui vuole vivere con il suo compagno e io voglio finalmente avere l'opportunità di incontrare un uomo vero. E questo è tutto», concluse tristemente Maria Sole.

Finirono di gustare il tonno fresco e le verdurine in agro in religioso silenzio, fino a quando Gloria disse, rivolta a Maria Sole: «Certo che i nostri problemi sembrano risibili se paragonati a quello che è capitato a te».

«E ti stai comportando con Mariano nel migliore dei modi», commentò Carlotta.

«Sto faticosamente cercando di salvare l'amicizia che ha unito per tanti anni lui e me, oltre a non privare mio figlio di un padre», spiegò lei.

In quel momento Andreina si alzò dal tavolo e uscì dalla saletta di corsa, tenendo una mano premuta contro la bocca. Gloria la seguì, brontolando: «Ecco, le sono cominciate le nausee».

11

Il giorno dopo, Andreina uscì dalla doccia, si asciugò e si mise davanti allo specchio. Si irrorò il corpo con acqua idratante alla calendula, lavanda e stella alpina, un'essenza scovata in farmacia, che le dava un senso di benessere, tanto che si disse: «Sto bene, mi sento bene, sono come un terreno sano e fertile capace di accogliere e far germogliare un seme. E, infatti, un figlio si sta alimentando della mia linfa vitale».

Mancavano pochi giorni a Natale e, mentre si vestiva per andare in ufficio, ricordò ancora una volta le parole di sua madre: «Che non ti venga mai in mente di fare un figlio senza avere un marito».

Però mia madre l'ha fatto, pensò, affrontando lo scandalo e la riprovazione della famiglia e dell'intero paese. Ma adesso ci sono le «madri single» e in questa definizione non c'è nessuna condanna, nessuna vergogna.

Andò in cucina e, mentre sgranocchiava un biscotto, sussurrò: «Non seguirò il tuo consiglio, mamma cara. Lo so che mi sto complicando la vita. Ma questo bambino vive già dentro di me e so che, se lo rifiutassi, sarei perseguitata dai sensi di colpa per tutta la vita. E poi, io lo amo già. Lui è mio figlio, è tuo nipote e lo crescerò parlandogli di te, del tuo coraggio. Come io ho dato un senso alla tua esistenza, tuo nipote lo darà alla mia. Io sono felice. Cerca di esserlo anche tu, per favore».

«Dottoressa, si copra bene, perché oggi c'è aria di neve», le disse il portiere filippino mentre si affrettava ad aprirle il portone del palazzo.

Andreina si affacciò sulla via, alzò lo sguardo al cielo opaco, la investì l'aria pungente del mattino e replicò: «Che senso avrebbe la mia vita senza i suoi consigli preziosi?»

L'uomo colse l'ironia di Andreina e rise divertito: «Lei ha sempre voglia di scherzare», commentò. Poi stette sulla soglia a osservarla mentre si allontanava, con passo spedito, verso la fermata della metropolitana.

Quella mattina Andreina aveva il cuore leggero e

una voglia irrefrenabile di urlare a tutti: «Aspetto un figlio, non ho un marito e, forse proprio per questo, sono felice, perché mio figlio sarà soltanto mio».

«Sei radiosa», osservò Rosaria, mentre deponeva sulla sua scrivania il solito caffè.

«Puoi ben dirlo. A maggio avrò un bambino», le annunciò Andreina a bruciapelo.

«Mi stai dicendo che...» la donna lasciò la frase in sospeso.

«Che sono felicemente incinta, che non ho un marito e neppure un compagno e questo bambino, o magari bambina, è un dono del cielo», la incalzò e, portandosi una mano al grembo ancora piatto, soggiunse: «Per ora noi due stiamo benissimo e abbiamo eccellenti probabilità di stare sempre bene. Io lavorerò fino al momento del parto e, dopo, non credo che riuscirò a stare lontana da qui per più di un mese. Quindi tornerò a lavorare, se possibile ad allattare, e tu mi darai una mano, perché questo ufficio diventerà una nursery», concluse, alzandosi dalla scrivania per infilarsi di corsa nel suo bagno privato, in preda a un attacco di nausea.

Quando tornò, l'inappuntabile segretaria, visibilmente commossa, tese le braccia verso di lei, sussurrando: «Posso abbracciarti?»

Andreina non dubitò che avrebbe ricevuto da lei tutto il sostegno possibile e che si sarebbe tenuta la notizia solamente per sé.

Subito dopo, infatti, riacquistò il tono professionale e la informò: «Mi hanno chiamato ora dal reparto giocattoli. C'è una giovane donna con un bimbo di pochi mesi nel marsupio, che chiede di te».

«So chi è. Informa i commessi che sto arrivando e che le offrano qualcosa di caldo da bere.»

«Il tuo caffè si è raffreddato.»

«Buttalo. Ne berrò un altro con la mamma della piccola Andreina», disse, lasciando di corsa il suo ufficio.

Trovò la donna comodamente seduta su un divanetto del settore «prima infanzia», con la figlia che gorgheggiava mentre cercava di mordere un sonaglietto di gomma.

«Buongiorno», accolse la donna.

La giovane le tese la mano per salutarla e soggiunse: «Spero di non disturbarla, ma ho seguito le sue indicazioni. A proposito, non mi sono presentata. Mi chiamo Bianca».

«Lei sarà sempre la benvenuta alla Tulip. Posso chiederle qualcosa di lei?» sussurrò Andreina, sedendole accanto.

Così seppe che Bianca era centralinista alla Biblioteca Ambrosiana. Lavorava al pomeriggio, quando sua madre, la nonna della piccola Andrea, si faceva carico della nipotina. Il padre della piccola era un insegnante di matematica, Bianca era diventata zoppa tre anni prima in seguito a un incidente automobilistico: lei aveva diciott'anni e il suo investitore ne aveva ventiquattro. Consapevole della sua responsabilità, il giovane non l'aveva mai abbandonata e, con l'andare del tempo, si erano innamorati e sposati. Si amavano profondamente ed erano felici per la nascita di Andreina.

«L'uomo che mi ha investita mi ha regalato la gioia di vivere», concluse Bianca.

Andreina le sorrise, commossa, poi, la scortò al bar che, a quell'ora, era ancora deserto. Quindi le domandò: «La sua piccolina non piange mai?»

«Ha una voce da soprano, ma la esibisce solo quando ha fame.»

«Com'è essere mamma?» le chiese Andreina.

«È l'avventura più totalizzante che una donna possa vivere. Mia figlia e io, insieme, siamo una forza della natura», affermò Bianca.

«Io avrò un figlio che nascerà il prossimo maggio e sono un po' preoccupata, ma anche felice al pensiero di diventare mamma», rispose Andreina.

«Anch'io ero preoccupata quando sono rimasta incinta. Ma nel momento in cui ho avuto Andrea tra le braccia, tutto è diventato semplice e meraviglioso. Ora mi scusi, ma devo proprio tornare a casa. È quasi l'ora della poppata e la piccola incomincia ad agitarsi.»

«Se mi lascia il suo indirizzo, le farò avere un dono per la piccolina.»

«La ringrazio. Sono felice di averla conosciuta», concluse Bianca e l'abbracciò.

Andreina l'accompagnò all'uscita e quando tornò nel suo ufficio decise che, se avesse avuto una bambina, l'avrebbe chiamata Bianca.

12

Mariano osservava in silenzio la moglie e il loro bambino calati in un'atmosfera di intimità che escludeva il resto del mondo. Maria Sole, seduta su una poltroncina nella cameretta di Michele, cantava a mezza voce una canzone mentre reggeva il biberon stretto tra le piccole mani del figlio, che succhiava beato in braccio a lei. Mariano li amava entrambi e pregava perché suo figlio fosse eterosessuale e non dovesse patire quello che lui aveva sofferto.

Era rimasto colpito dalla generosità con cui Maria Sole lo aveva riaccolto in casa. Il legame affettivo che li univa era stato più forte dei pregiudizi. Erano rimasti insieme, almeno per ora, a veder crescere il loro bambino.

«Vorrei che tu conoscessi il mio ragazzo. Pablo ti

piacerebbe, e vorrei tanto che diventaste amici», propose Mariano a Maria Sole.

Lei si prefigurò il terzetto rappresentato da se stessa, il marito e il suo amante e avvertì allo stomaco una fitta fastidiosa.

Si alzò dalla poltroncina con Michele fra le braccia e disse: «Lo metto a letto».

Mariano uscì dalla stanza mentre lei adagiava il piccolo nel lettino, girandolo su un fianco per ovviare a un eventuale rigurgito. Rimase a guardarlo fino a quando fu certa che il figlio dormisse profondamente.

Uscì dalla camera e andò verso il salotto. Mariano parlava al telefono e lo sentì dire: «Con mia moglie è tutto appianato, ma il resto non lo so ancora...» E poi: «Vedrai che le farò digerire anche questa».

«Che cosa dovrei digerire?» domandò Maria Sole, ritta sulla soglia della stanza.

Lui chiuse la comunicazione e disse, con fare ammiccante: «Ci piacerebbe abitare qui, insieme con te e il bambino».

Senza muoversi dalla soglia, lei sentì che la fitta allo stomaco le stava incidendo la carne e le faceva male.

«Fammi capire: hai in mente una famiglia allargata con il tuo amante, me e mio figlio?» domandò lei con aria gelida.

«Non ti sembra un'idea fantastica, oltre che molto pratica per tutti quanti?» le domandò Mariano con un sorriso radioso.

«Tu sei pazzo!» sibilò Maria Sole, rivolgendogli uno sguardo tagliente.

«Rifletti, tesoro, prima di arrabbiarti. È una soluzione ottima e inoltre...»

Non gli lasciò finire la frase e sbottò: «Cioè, tu e Pablo vorreste stare qui, in questo appartamento? Tu sei un degenerato. Vattene immediatamente e, questa volta, davvero per sempre. So io quanto mi è costato accettare la tua omosessualità e il mio disastro come moglie e come donna. Non ti è bastato rubarmi gli anni migliori, ingannandomi. Adesso vorresti anche la coabitazione con il tuo amante. Sparisci dalla mia vista immediatamente e per sempre», urlò.

«Lo avevo detto a Pablo che non dovevamo metterti fretta», sussurrò, e questa considerazione la fece infuriare ancora di più. Afferrò un prezioso vaso cinese dell'epoca Ming, dono di nozze degno di essere esposto in un museo, e glielo scagliò addosso con violenza. Lui lo schivò e il vaso cadde sul pavimento frantumandosi in mille pezzi.

Mariano, spaventato, sussurrò: «No, il Ming no...»

Lei agguantò anche il vaso gemello e lo lanciò verso di lui. Mariano cercò inutilmente di afferrarlo al volo. Anche quello cadde e si ruppe.

Allora posò le mani sulle spalle della moglie nel tentativo di placarla, ma lei urlò: «Non toccarmi! Mi fai schifo».

Mariano si ritrasse davvero spaventato da quella furia nella quale non riconosceva più la sua preziosa amica. Stette ritto, di fronte a lei, senza osare muoversi né parlare.

«Esci per sempre dalla mia vita!» gli ingiunse Maria Sole con rabbia.

Lui pensò che quella reazione, alla fine, era più giustificata dell'acquiescenza di alcuni giorni prima, che lo aveva piacevolmente stupito e indotto a fare progetti effettivamente irrealizzabili.

Si avviò verso la porta di casa e sparì.

Lei si rifugiò nello stanzino della lavanderia e iniziò a insaponare, sfregare e strizzare le tutine del figlio. Non c'era alcun bisogno che si dedicasse a quell'incombenza che la domestica svolgeva egregiamente ogni giorno, ma era così arrabbiata con se stessa e con il resto del mondo che sentiva il bisogno di fare qualcosa per sfogarsi.

Sentiva gli squilli del cellulare e del telefono di casa, ma non aveva nessuna voglia di rispondere.

Di tanto in tanto schiudeva la porta della cameretta di Michele: suo figlio dormiva tranquillo nel lettino.

Poi andò in cucina, prelevò dal frigorifero una ciotola di macedonia di frutta e la divorò tutta in pochi istanti. Il cellulare continuava a trillare e, alla fine, si decise a rispondere avendo visto il numero di Andreina.

«Mi stavo preoccupando seriamente», esordì l'amica e proseguì: «Ti disturbo?»

«Sì, no, non lo so. Non sono dell'umore migliore. Anzi, sono veramente infuriata!»

«Mi dispiace. Che cosa è successo?»

«Senti, adesso non ho voglia di spiegarti.»

«Non farlo. Io volevo parlarti di me, se mi puoi ascoltare.»

«Certo, almeno mi distraggo.»

«A proposito del mio bambino, ho pensato che avrò bisogno del tuo aiuto», disse Andreina.

Ci fu un attimo di silenzio e poi Maria Sole rispose: «È la prima volta che qualcuno si rivolge a me per farsi aiutare. Ho sempre creduto di essere incapace di rendermi utile a qualcuno. Grazie, Andreina. Sono a tua disposizione per te e per il tuo bambino, in qualunque momento».

«Avrò bisogno che mi insegni ad accudirlo fin dalla nascita e, se dovrò assentarmi per lavoro, vorrei poter contare su di te.»

«Mi affiderai tuo figlio ogni volta che vorrai e io sarò felice di occuparmene. Hai fatto bene a decidere di portare avanti la tua gravidanza. Non ero affatto d'accordo con Gloria e Carlotta che ti consigliavano di abortire. Loro non hanno figli e non possono capire quanto sia bello essere madre.»

13

L'AVVOCATESSA Carlotta Biffi si era mossa velocemente per risolvere il rapporto dell'anziano ingegner Lavagnolo con la sua badante polacca.

Dal commissario Carmine Caruano aveva avuto il materiale che riguardava Ivona Mazur, lo aveva studiato e si era resa conto che non c'erano appigli legali per una denuncia, ma esistevano elementi sufficienti per sostenere che la donna stesse raggirando l'anziano signore. Quindi aveva detto a Sergio: «Posso assoldare un poliziotto privato per spiare e documentare i movimenti della badante. Però, la cosa andrebbe per le lunghe. Come primo passo, vorrei parlare con tuo padre».

«D'accordo», rispose brevemente Sergio.

Ora l'anziano ingegnere era lì, nell'ambiente ovattato dello studio legale in via Montenapoleone, e ascoltava l'amica di Gloria, letteralmente stregato dalla sua bellezza e dalla chiarezza con cui gli riferiva i risultati dell'indagine di polizia.

«È stata Gloria a ottenere la copia di questi documenti dalla polizia. Mi perdoni, ingegnere, ma sono costretta a sottolineare che Ivona Mazur intrattiene da dieci anni una relazione sentimentale con un coetaneo di nazionalità italiana e di dubbia moralità. Se vuole, posso dilungarmi su questo personaggio equivoco», concluse Carlotta.

«Non è necessario», tagliò corto l'anziano professionista. E, dopo aver malinconicamente scosso il capo, soggiunse: «Ho capito benissimo la situazione. Anche Gloria, che all'inizio non era contraria alla mia decisione di sposare Ivona, poi ha cambiato idea. Io stimo la compagna di Sergio e le voglio bene come se fosse mia figlia. La storia con Ivona è chiusa per quello che mi riguarda, anche perché quelle pilloline celesti non sono la cura ideale per il mio cuore stanco. Ti ringrazio di cuore, Carlotta».

«Mi dispiace, ingegnere, se le ho procurato un dispiacere», replicò lei, alzandosi dalla scrivania per congedarlo.

«Soltanto un po' di amarezza. Non mi ero certo

illuso di essere amato da una donna giovane e bella come Ivona e l'avrei sposata credendo di facilitarle la vita», confessò lui.

«Guardi che non sarà semplice liquidare la polacca. Forse avrà bisogno di aiuto», suggerì l'avvocatessa.

Ma lui sapeva già come fare e, prima di rincasare, acquistò in una ferramenta una nuova serratura per la porta di casa. Poi telefonò a suo figlio. Sapeva che, per lui, quello era un periodo di superlavoro, ma aveva bisogno che lo raggiungesse subito.

«La mia badante rientra questa sera dal weekend e deve trovare l'uscio di casa inagibile. Ti prego, vieni ad aiutarmi», gli disse.

«Fai conto che sia già lì», rispose Sergio.

Quando lo raggiunse, suo padre aveva già sostituito la serratura. L'ingegnere gli chiese di aiutarlo a inscatolare gli effetti personali di Ivona.

Vuotando i cassetti, padre e figlio trovarono un'infinità di fotografie che la ritraevano con il suo amante e cospicui rendiconti bancari di versamenti vecchi e recenti di denaro e investimenti per quasi un milione di euro.

«Hai capito, papà, chi ti eri messo in casa?» si lasciò sfuggire Sergio.

«Forse non mi crederai, ma ti assicuro che mi sto

divertendo tantissimo», rise l'ingegnere con lo sguardo vivace di un bambino che sta combinando una marachella.

Impilarono i cartoni sul pianerottolo, fuori dalla porta di casa, e vi appesero un foglio con scritto: «Per la chiusura del rapporto di lavoro contattare il commercialista Giorgio Galvani», con indicato un indirizzo e un numero di telefono.

«E adesso ti barrichi in casa?» domandò Sergio al padre.

«Devo aspettare che si plachino le acque. Ed è meglio che io non sia in casa anche se Ivona non può più entrare con le sue chiavi. Posso venire a stare da te per qualche giorno?» chiese l'ingegner Lavagnolo.

«Gloria e io saremo felici di ospitarti», garantì il figlio.

Andandosene, informarono il custode del palazzo del licenziamento della badante.

«Per favore, l'aiuti a caricare le sue cose in macchina e le dica che non è più la benvenuta», gli spiegò Sergio.

«Ho capito e sarò pronto a chiamare la polizia nel caso lei facesse storie», garantì l'uomo. E poi domandò: «Per il portone del palazzo, come si fa? Lei ha le chiavi e può creare disturbo».

«E noi gliele lasciamo. Cambi la serratura entro

domattina e provvederò io alle spese di sostituzione», ordinò l'ingegnere.

«Lo sai che mi sembra di essere ringiovanito di vent'anni?» disse poi al figlio, mentre varcavano la soglia della villetta in via della Sila.

«Papà, non esagerare», scherzò Sergio.

«Ti dico la verità. Mi piaceva ritrovarmi Ivona nel letto, però da qualche tempo era diventata quasi un peso. Mi sentivo schiacciato dalla sua invadenza. Adesso, però, ho bisogno di riposare... troppe emozioni, tutte in una volta. Fammi andare a letto», disse l'uomo, dirigendosi verso la camera degli ospiti.

«Vuoi che telefoni a Gloria di venire a casa subito?» si preoccupò Sergio.

«Voglio che ti levi di mezzo», rispose l'ingegnere chiudendogli in faccia la porta della stanza.

Alle otto di sera, quando Gloria bussò alla sua stanza perché era ora di cena, non ottenne risposta. Aprì piano la porta e lo vide dormire tranquillo.

Si svegliò un'ora dopo a causa del suono ininterrotto del citofono.

Al cancello di via della Sila c'era Ivona in compagnia di un uomo. Sergio e Gloria videro la coppia sullo schermo del citofono.

«Quello è il suo amante?» domandò Gloria al compagno.

«Sembra proprio l'uomo delle foto», commentò lui.

«Gli apriamo?» domandò Gloria.

«Nemmeno per sogno. Tanto prima o poi smetteranno e chiameranno sul cellulare», disse l'anziano ingegnere, comparendo alle spalle dei due. E soggiunse: «C'è qualcosa da mangiare?»

«Subito, ingegnere. Abbiamo lasciato in caldo qualcosa per lei», rispose Gloria, precedendolo verso la cucina.

Il cellulare di Sergio prese a vibrare. Era la polacca. Lui si chiuse nello studio per risponderle.

«So bene che il mio fidanzato è in casa vostra. Credete davvero di passarla liscia, dopo che lo avete costretto a mettermi alla porta?» esordì Ivona con voce aggressiva.

«A quanto mi risulta, il suo fidanzato è lì, con lei», replicò tranquillamente Sergio. «Lei è stata licenziata e riceverà quanto le compete dal nostro commercialista», soggiunse.

«L'uomo che è con me è solamente un amico che mi protegge dai prepotenti come voi», reagì lei, furibonda.

«Allora, rivolgetevi tutti e due al commissariato di polizia. Lì vi conoscono molto bene, e riceverete una bella accoglienza», sparò lui.

Sentì Ivona sussurrare concitatamente qualcosa al compagno. Poi la comunicazione venne interrotta e, dalla finestra, vide i due che salivano sull'auto di Ivona e, subito dopo, la macchina si allontanò.

Allora andò in cucina e annunciò: «Adesso credo di poter dire che la faccenda badante sia chiusa».

Il padre annuì soddisfatto.

14

Era l'ultimo giovedì prima di Natale e quest'anno spettava ad Andreina il compito di scegliere un regalo per Pia Mantovani, la proprietaria del ristorante.

Tra le molte tele che Viviana Romano, sua madre, aveva ereditato dai datori di lavoro, ne individuò una che ritraeva il *brellin di lavandé*, il luogo in cui le lavandaie di Porta Ticinese, nell'Ottocento, lavavano i panni nelle acque del Naviglio. Glielo consegnò con un biglietto d'auguri firmato da tutte e quattro. Non era una tela d'autore, ma rivelava comunque una buona mano e la signora Pia la apprezzò e ringraziò commossa, dicendo: «Mancava proprio, nella saletta, un bel quadro sopra la credenza. Posso mostrarlo subito al mio martirio?»

Si riferiva al marito Otello, che comparve di lì a

poco vestendo la giacca immacolata da cuoco ed esibendo un sorriso ammaliatore. Con un linguaggio fiorito elogiò la meraviglia del dipinto e non trascurò di sottolineare il buon gusto e la bellezza delle quattro ospiti, tanto che la moglie lo richiamò all'ordine, sollecitando il suo intervento in cucina.

Quella sera, come da tradizione, la cena veniva gentilmente offerta dai Mantovani e sulla tavola comparvero una magnum dorata del prosecco di Sandro Bottega, patate cotte alla brace da condire con burro e caviale del Volga, polpettine mignon di pesce, spolverate di bottarga, storione fresco cucinato alla moscovita, pâté di vitello alla milanese e altri assaggi di prelibatezze natalizie che si conclusero con il panettone da gustare inzuppato nel Moscato d'Asti.

E, come da tradizione, le quattro amiche, a turno, formularono i loro progetti per l'anno nuovo.

«Ormai è ufficiale», esordì Andreina, «voi diventerete le zie del mio bambino. E io prometto solennemente che sarò per lui una buona mamma, come lo è stata mia madre per me. Non potrò dargli un padre, ma sarà rassicurato dall'affetto vostro e dei nostri amici. Lui non subirà, com'è accaduto a me, il dolore del distacco da sua madre, perché, grazie al cielo, posso garantirgli una condizione di vita agiata e non sarò mai costretta a lasciarlo solo. Non so ancora come farò a tenere nascosta questa maternità a suo padre, che amo infinitamente, ma so che qualcosa inventerò», annunciò.

Una lacrima scivolò sulla guancia di porcellana di Carlotta che sussurrò: «Scusatemi, sono commossa e non mi succede spesso».

Pescò un fazzolettino dalla borsetta e si tamponò gli occhi, quindi proseguì: «È come se Gesù bambino, che tutti ricordiamo nella notte di Natale, fosse sbocciato nel tuo grembo. E noi saremo zie molto attente e possessive, cara Andreina. Ripenso a quando ti ho raccolta per strada, dopo che il disgraziato che ti aveva investito con la sua auto era fuggito. Non immaginavo certo che, da quell'incidente, sarebbe nata la nostra amicizia e che ti avrei amata come una sorella. E neppure che noi quattro avremmo formato un sodalizio più forte di quello dei moschettieri di Dumas», concluse Carlotta.

«Ti ricordo che i moschettieri erano tre», osservò Gloria.

«Hai dimenticato D'Artagnan, l'ultimo e il più giovane del quartetto. Naturalmente mi riferisco a Maria Sole, che con noi sembrava avere poco da spartire e invece è tale e quale a noi, nel bene e nel male», sottolineò Carlotta.

«Infatti ho deciso che voglio lavorare anche se non l'ho mai fatto», annunciò Maria Sole.

«Che cosa vorresti fare?» s'incuriosì Gloria.

«Non potete nemmeno immaginare quante possibilità ho passato in rassegna, da assistente non retribuita in qualche società di advertising o di uno studio fotografico di moda, dove mio padre ha buoni agganci, a *vendeuse* in una grande gioielleria, dove gli agganci li ha mia madre, e poi ho deciso: mi occuperò dei bambini, figli di donne single. L'idea mi è venuta la scorsa notte, mentre pensavo a te, Andreina, e al bambino che nascerà. Il mio Michele ha cinque mesi e mi piace molto occuparmi di lui. Così ho deciso di aprire un nido attivo ventiquattr'ore su ventiquattro, feste comprese. Dovrò trovare uno spazio che abbia un po' di verde intorno. Poi, sceglierò delle puericultrici esperte e un paio di pediatri. So che ci vorranno tempi lunghi per ottenere tutti i permessi previsti dalla legge. So anche che mi serviranno molti soldi per questo progetto e li otterrò dai miei genitori e da quelli di Mariano. Le due famiglie hanno combinato il guaio e adesso devono pagare la penale. Il mio nido si chiamerà L'Isola che non c'è, come quella di Peter Pan. E ora ditemi che questa idea vi piace, o vi strozzo», concluse Maria Sole, minacciandole con lo sguardo.

«È un'idea fantastica e ti aiuteremo a realizzarla», affermò Carlotta, a nome di tutte.

«Io, adesso, ho in casa il padre di Sergio. È una persona deliziosa a cui voglio bene, però dobbiamo trovare una sistemazione per quando ritornerà a vivere da solo», disse Gloria.

«Ma noi siamo donne e l'accoglienza fa parte delle nostre virtù», affermò Maria Sole.

«È vero», confermò Andreina. Aggiunse che era in buoni rapporti con il prevosto della sua parrocchia e si sarebbe rivolta a lui per trovare una nuova badante che si occupasse dell'ingegner Lavagnolo.

«Magari! Però sarà meglio assicurarsi che sia al di là di ogni tentazione», si raccomandò Gloria. E soggiunse: «Per quanto, dopo la brutta avventura con Ivona, dubito che il padre di Sergio abbia ancora voglia di intessere una nuova love story».

«Con gli uomini, non si sa mai. Meglio prevenire. Spiega al tuo parroco che l'ideale sarebbe una donna bruttina, ma di provata onestà. Prima la troviamo, e meglio è», disse Gloria. E proseguì: «Anche perché Sergio e io siamo pronti per una nuova luna di miele».

La loro cena natalizia proseguì tra cibi deliziosi e discorsi a ruota libera. Così stabilirono che Andreina avrebbe trascorso i giorni delle festività con Maria Sole a Paraggi, nella villa dei suoi genitori, che si sarebbero felicemente presi cura del piccolo Michele, l'amato nipotino.

Gloria e Sergio sarebbero rimasti in città, per non lasciare solo l'anziano ingegnere.

«E tu, Carlotta, che programmi hai?» domandò Andreina.

«Grazie per avermelo chiesto. Temevo che vi dimenticaste di me», scherzò l'avvocatessa.

«E come potremmo? Sei il nostro capobranco, sei quella che ci asciuga le lacrime, ci risolve i problemi, ci tiene alto il morale», la adulò Maria Sole.

«Per la prima volta, sono stata invitata dal big boss del mio studio per la sera della Vigilia a casa sua, con la moglie, i due figli, le rispettive nuore e i nipoti. È un onore che il professor Valli non aveva mai concesso a nessuno, nemmeno ai soci più anziani», spiegò.

«Significa qualcosa?» domandarono le amiche.

«È quasi un'investitura del mio ruolo nello studio legale. Poiché il professore naviga verso gli ottant'anni, è una nomina a sua delfina.»

«Congratulazioni!» si complimentò Gloria.

«Infatti sono arrossita quanto basta per manifestargli tutta la mia emozione e gratitudine. Improvvisando un imbarazzo che non sentivo, mi sono scusata di non poter accettare l'invito a cena», confessò.

«Ma sei matta?» chiese Maria Sole sbalordita.

«Sono saggia. Io ho una famiglia da riscoprire. Ho una madre, una sorella, un cognato e i miei nipoti che amo e che mi amano, che hanno bisogno di me tanto quanto io ho bisogno di loro. E ho anche un padre, che non è stato il peggiore dei padri e vorrei recuperarlo.»

Alla fine, ognuna di loro festeggiava con il Natale gli affetti più profondi, più veri, e i valori più autentici che davano un senso alle loro esistenze, come l'amicizia che le univa.

Sicuramente nell'anno nuovo avrebbero dovuto affrontare ostacoli e difficoltà, avrebbero pianto e riso. Ma sapevano di essere una squadra di amiche sincere e questa era la loro forza.

«E ricordiamoci che non è necessario avere una fede al dito per vivere pienamente un rapporto d'amore e sentirsi serene», affermò Carlotta.

«Siamo d'accordo», risposero in coro.

Levarono le loro flûte di bollicine e brindarono alla nascita di Gesù Bambino.

«Buon Natale a tutte noi, buon Natale di cuore», recitarono insieme.

Erano commosse e felici.

Finito di stampare presso ELCOGRAF S.p.A.
Stabilimento di Cles (TN)
Printed in Italy

«PANDORA»

Della stessa autrice

Anna dagli occhi verdi
Il Barone
Saulina (Il vento del passato)
Come stelle cadenti
Disperatamente Giulia
Donna d'onore
E infine una pioggia di diamanti
Lo splendore della vita
Il Cigno Nero
Come vento selvaggio
Il Corsaro e la rosa
Caterina a modo suo
Lezione di tango
Vaniglia e cioccolato
Vicolo della Duchesca
6 aprile '96
Qualcosa di buono
Rosso corallo
Rosso corallo
(Edizione illustrata)
Singolare femminile
Il gioco delle verità
Mister Gregory
Un amore di marito
Léonie
Giulia per sempre
(*Disperatamente Giulia, Lo splendore della vita*)
Il Diavolo e la rossumata
Palazzo Sogliano
La moglie magica
La vigna di Angelica
Dieci e lode
Festa di famiglia

Tutti i libri di Sveva Casati Modignani sono disponibili anche in versione ebook, a eccezione di *Rosso Corallo* (Edizione illustrata) e *Giulia per sempre*.